El vecino prohibido

Xavier Bertran

El vecino prohibido

edebé

Título original: *El veí prohibit*
© Xavier Bertran, 1994

© Ed. Cast.: Edebé, 2005
Paseo de San Juan Bosco, 62
08017 Barcelona
www.edebe.com

Directora de la colección: Reina Duarte
Diseño de las cubiertas: César Farrés
Ilustraciones: Ana G. Lartitegui
Traducción: Equipo Edebé

30.ª edición

ISBN 978-84-236-7717-7
Depósito Legal: B. 112-2011
Impreso en España
Printed in Spain

Cualquier forma de reproducción, distribución, comunicación pública o transformación de esta obra solo puede ser realizada con la autorización de sus titulares, salvo excepción prevista por la ley. Diríjase a CEDRO (Centro Español de Derechos Reprográficos) si necesita fotocopiar o escanear algún fragmento de esta obra (www.conlicencia.com; 91 702 19 70 / 93 272 04 45).

Índice

1. Iría y Capitán 7
2. La visita al sótano 21
3. Noche de pesadillas 43
4. Chalé bajo vigilancia 55
5. Misión de rescate 71
6. El rescate 79
7. De visita 97
8. Salir o no salir 113
9. Las tres historias 131
10. A la luz del Sol 145
11. El primer experimento 159
12. El segundo experimento 171
13. El regalo de ser valiente 183
14. Hacia el Campa 193

1
Iría y Capitán

Lo más seguro es que vengáis por la carretera de Barcelona. Antes de entrar en Montornés, encontraréis un torrente que cruza la carretera pasando bajo un puente de piedra. No hay pérdida posible.

El torrente es bien poca cosa, de aquéllos tan característicos de la comarca del Vallés, que necesitan contar con el permiso de la lluvia para poder lucir un hilo de agua. Pero en Montornés le damos importancia por muy pequeño que sea, pues el Torrente de las Viñas Viejas marca la frontera de la población.

Las casas se han construido siempre a levante del torrente, tanto las tradicionales de planta y piso como los bloques, que crecieron casi de un día para otro, como los espárragos trigueros, alimentados por la expansión industrial de los años sesenta.

Incluso las masías están a levante del torrente. Y la razón de ello se advierte a simple vista: mientras por este lado el terreno se extiende en un llano fértil, a poniente se levantan las colinas de Calders, de poca altura pero de laderas abruptas, donde sólo se puede plantar la viña que da las sabrosas uvas de Montornés.

Pero ya se sabe que en la viña hay más trabajo que provecho, y los agricultores optaron hace años por arrancar las cepas y dejar crecer encinas en los bancales, esperando el momento de poder vender parcelas a los veraneantes.

Al final se han construido casas de veraneo a ambos lados de las Viñas Viejas, pero aun así el torrente no ha perdido su valor de frontera entre el pueblo y el bosque, entre la civilización y la naturaleza.

Lo ha sido durante tanto tiempo que a la

gente del pueblo aún nos parece que los espíritus del bosque se detienen sobre el hilillo de agua del torrente, sin atreverse a atravesarlo.

Son supersticiones, claro está, y nadie en el pueblo cree en esas cosas. Pero más de un observador se ha dado cuenta de que las mariposas se acercan a beber al torrente siempre desde el lado del bosque, y que el barro de las orillas sólo muestra huellas de animales por el lado de poniente.

Pero olvidémoslo: son supersticiones.

La masía Coll casi toca el torrente. Es una masía antigua, de aquellas que tienen las ventanas enmarcadas por bloques de granito con inscripciones en latín. En una de ellas, sobre el dintel, está grabado el año de su colocación: 1702, no está mal.

Pero la masía Coll es mucho más antigua. Los ancianos del pueblo aseguran que se remonta a tiempos de los romanos, y aún me parece que se quedan cortos.

Basta con echar un vistazo al término municipal de Montornés para darse cuenta de que la primera familia que debió de instalarse allí, al alba de la Edad de Piedra, tenía que escoger por fuerza el lugar donde se alza la casa.

El sitio es el sueño de un agricultor. La masía está construida sobre una peña que desvía el curso del torrente, y queda así a cubierto de la visita de las fieras por el lado del bosque. Por el otro lado, en cambio, la curva del torrente abre a sus pies un llano de tierra fértil, óptima para los cultivos; y de la roca misma brota una fuente que no se agota ni durante las sequías de verano. ¿Qué más se puede pedir?

No es extraño, pues, que los colonos de la casa Coll viesen la vida de tantos colores como el nombre que pusieron a su hija: Iría.

El nombre, en realidad, vino porque el arco iris encuadraba la ventana de la habitación cuando nació la niña. El padre lo consideró una hermosa señal, y buscó para la niña un nombre que se refiriese al arco. Consultó con el maestro, que repasó varias enciclopedias hasta encontrar el nombre de Iría.

—Me gusta —dijo el padre, contento con la sonoridad del nombre.

Pero el párroco tuvo sus dudas el día del bautizo.

—No es nombre de santa.

—¿Qué dice? —se indignó la abuela de la pequeña, a quien el nombre había conquistado—. ¿No recuerda la historia de Fátima? ¿En qué cueva se apareció la Virgen Santísima?

—En la cueva de Iría... —recordó el sacerdote, desarmado.

—¡Pues ya está preparando el agua bendita! —se impuso la abuela, antes de que se arrepintiese.

La pequeña Iría heredó la vivacidad del nombre y la firmeza de carácter de la abuela, dos cualidades excelentes para una niña que se pasaba el día explorando los senderos de las montañas.

Vivir al lado del encinar es una gran suerte para los niños de temperamento activo. Nunca acaban de conocer nuevos rincones, de descubrir nuevos animales o de aprender cosas nuevas. Nada comparable a las limitaciones de un piso de ciudad, donde las novedades sólo se dan en la televisión y las actividades se han de limitar al parque infantil de la plaza.

Iría tenía pocas limitaciones. Los troncos de las encinas eran para ella caminos tan fáciles de seguir como las calles del pueblo. Trepaba con la agilidad de una gineta y se paseaba por las ramas con la ligereza de una ardilla.

—Conozco todos los animales del encinar —exageraba siempre Iría—. ¡Y todos me conocen!

Se pasaba un poco, pero lo cierto es que nada en el bosque la asustaba, pues se sentía en él tan en su ambiente como los propios animales.

Algunos de los chicos que vivían en pisos no querían reconocer la buena suerte de Iría.

Al contrario, se extrañaban de su desenvoltura para la vida en el bosque, comparada con la rigidez del comportamiento urbano.

Las niñas que sólo sabían jugar con muñecas se horrorizaban al oírle explicar cómo trepaba a los pinos para investigar los nidos de las urracas, y consideraban poco femenino que fuese amiga de las serpientes y los sapos que ellas tanto temían.

Algunos chicos la tenían por una salvaje, pero esta acusación no la preocupaba en lo más mínimo. Iría tenía los ojos abiertos a horizontes demasiado amplios como para envidiar los pocos metros de las perspectivas urbanas.

Se hizo amiga de los más atrevidos de la escuela, chavales que no tenían ningún inconveniente en subir de vez en cuando a la masía, entrar en el gallinero, coger los gazapos y acompañarla después al bosque a explorar los senderos del jabalí y las madrigueras de los tejones.

Cuando la pandilla no iba a su casa, Iría recorría el encinar acompañada por Capitán. Capitán era un perro payés, con pelo largo y orejas tiesas, más pequeño que grande, más dócil que agresivo, de carácter tranquilo, pero dispuesto a enseñar los dientes si algún extraño se acercaba a Iría.

La seguía con una devoción incondicional y obedecía todas sus órdenes como si la chica hubiera dedicado la vida a adiestrarlo. Cuando Iría trepaba por lugares difíciles, aullaba con ganas de acompañarla, y se quedaba sentado esperando que volviese.

La construcción de los chalés de veraneo al otro lado del torrente trajo nuevos amigos para Iría.

No hizo amistad con todos los veraneantes, pues los había demasiado orgullosos como para tener tratos con una campesina; pero vinieron algunos encantadores, chavales divertidos que congeniaron con Iría desde el principio.

Precisamente en el chalé que quedaba junto al torrente, enfrente de la casa Coll, veranearon durante dos años los Fustanyá, un matrimonio de Barcelona que tenía dos hijos de la edad de Iría, con unos nombres bien chocantes: Filimera y Donadeu.

Pero los nombres eran lo de menos: los dos parecían hechos a la medida de Iría, con tantas ganas de diversión como ella.

Tenían un montón de juegos de mesa que ella desconocía: el *Monopoly,* el *Trivial,* el *Cluedo,* el *Pictionary...* Al principio, Iría se hacía un lío con ellos, pero las novedades la fascinaban y no tardó ni una semana en ser una auténtica experta.

También le enseñaron juegos de cartas. Iría conocía el burro, el siete y medio y la brisca, de ver jugar a su padre los domingos por la mañana en la Sociedad Coral La Lira.

Los juegos de cartas de la ciudad tenían poca picardía y muchas reglas complicadas, a veces complicadísimas, pero Iría pronto manejó las cartas como un auténtico tahúr de casino.

Cuando se cansaban de la calma de los juegos de mesa, se iban al bosque con Capitán. Entonces era Iría quien les enseñaba a jugar y los hermanos Fustanyá quienes aprendían con rapidez.

En el encinar, Donadeu se sentía transportado a los vídeos de la selva tropical. Caminaba por los senderos como si vigilase la presencia de un jíbaro acechante tras cada tronco, con los instrumentos de reducir cabezas a punto para la tarea.

Trataba a Capitán como si fuese un puma domesticado, y el perro estaba de lo más satisfecho con el ascenso de categoría: perseguía a los indios que Donadeu le indicaba y procuraba rugir como un felino medianamente convincente, aunque esto último sin demasiado éxito.

Pero la auténtica especialista en animales era Filimera. Aunque fuese de ciudad, sabía del tema más que Iría. Compensaba la falta de práctica con la lectura de enciclopedias sobre la vida animal que tenía en casa. Conocía el nombre científico de cada bicho y todo lo que se podía saber sobre sus costumbres alimentarias y reproductoras.

—¿Y para qué te sirve tanto nombre en latín? —le preguntaba Iría, con algo de envidia—. Este pájaro es un avión. ¿Qué arreglas llamándole *Deli... Delichon Urbica*? ¡Puf! —resoplaba, como si las palabras le escociesen.

—Los científicos de todo el mundo lo conocemos con este nombre —se reafirmaba Filimera.

—Pues ya ves... —Iría le quitaba importancia.

Pero el verano siguiente ya no jugaría con los dos hermanos. En enero, un matrimonio sin hijos compró el chalé, los señores Peguera, tan antipáticos como agradables eran los Fustanyá.

Veamos: de hecho, los señores Peguera

no eran antipáticos. La señora Berta y el señor Genís eran dos personas bien educadas, pero muy poco sociables. No tenían más tratos con los vecinos que el dar los buenos días o las buenas tardes cuando se encontraban con ellos por la calle. Eso era todo. Gente seca.

No se llevaban mal con nadie. Sólo habían tenido algún conflicto con Iría, pero eso era porque ella invadía su jardín cada vez que Capitán se escapaba o que una pelota iba a parar allí.

El motivo era que no había ninguna separación entre la masía Coll y el terreno de los vecinos. El seto de cipreses que cerraba el terreno de los Peguera por tres lados faltaba por el lado del torrente, pues el cañaveral que crecía por ese lado era barrera suficiente para cualquiera que no fuese Iría, cuyos pies atrevidos veían en el torrente más invitaciones que obstáculos.

—¿Otra vez por aquí, niña? —la reñía la señora Berta desde la ventana de la cocina—. ¿No te he dicho que no quiero críos por el jardín?

—A cualquier cosa le llaman jardín...
—se descaraba Iría mientras escapaba.

Los Peguera, en efecto, habían abandonado el jardín tanto como el huerto, donde ahora se aburrían, ahogadas por las malas hierbas, las últimas cañas de las tomateras que los Fustanyá habían plantado durante el verano.

Ni siquiera con la llegada de la primavera se decidieron a plantar flores delante de la casa. Por mayo, el barrio de los veraneantes estaba cuajado de rosas, pensamientos y claveles de indias; parterres de todos los colores perfumaban las calles con aroma de jazmín y de clavel, pero en la casa de los Peguera las malas hierbas tapaban las últimas caléndulas supervivientes de tiempos mejores.

—¿Por qué compran una casa con huerto y jardín, si después no los cuidan? —se preguntaba Iría, con indignación campesina, cada vez que tenía que retirarse a su lado del torrente.

2
La visita al sótano

Iría acabó por acostumbrarse a mirar por encima de las cañas del torrente como quien contempla un paraíso perdido.

Sentía como propio aquel jardín donde había pasado tan buenos ratos jugando con sus amigos; más suyo que de aquel matrimonio intruso que apenas llevaba unos meses en Montornés.

Tenía incluso un rincón especial desde donde contemplar con nostalgia el territorio usurpado. Delante de la fuente que brotaba de la peña había un banco de piedra orientado hacia la casa de los Peguera. Desde allí miraba los caminos cubiertos de guijarros que separaban los parterres del jardín vecino, como si Donadeu aún corriese por allí haciendo la vertical, cabeza abajo. El chico tenía una forma tan estrambótica de patalear en el aire para mantener el equilibrio, que Iría se tronchaba de risa al verle.

O quizá era Filimera quien aparecía por allí, con las manos llenas de avioncitos de papel, como aquel día que reunió todos los diarios viejos de la casa para hacer más de seiscientos aviones y después no consiguió hacer pasar ni uno solo por la anilla de baloncesto.

Capitán se lo pasó de miedo aquel día cazando al vuelo todos los aviones que fallaban.

¡Eran tantas las historias! Como la señora Berta salía poco al jardín, podía recordar sin estorbos las anécdotas divertidas de los dos últimos veranos.

Cuando la vecina salía a tender la ropa, el encanto se rompía. Filimera y Donadeu se desvanecían como la niebla de mayo y el jardín se convertía en un espacio desconocido, ocupado por aquella señora antipática que no soportaba la visita de los niños.

Iría continuaba sentada en el banco de piedra que le servía de atalaya, pero los pensamientos se le volvían tan ásperos como el carácter de la señora Berta.

—Pero, veamos: ¿es que le piso las flores o le rompo las ramas de los cerezos? —preguntaba a Capitán, con tono reivindicativo—. ¡A ver por qué me ha de decir que no quiere verme en su jardín!

Capitán bajaba los párpados para darle la razón. Iría insistía.

—¡Me da igual que haya comprado la casa! Más derecho a pasear por allí tenemos nosotros, que hemos nacido al lado, que ella, que hace medio año ni siquiera sabía dónde estaba Montornés.

El estornudo del perro dejó bien clara la opinión que éste tenía de la vecina.

Durante el mes de abril, Iría bajó poco al

rincón de la nostalgia, pues llovía frecuentemente y no apetecía tanto sentarse en el banco de la fuente. Pero cuando volvieron los días de sol, recordó el calorcillo del verano y bajó hasta allí a recordar.

No le sirvió de mucho: también la señora Berta estaba esperando el buen tiempo para acabar las coladas pendientes, y no paraba de salir a tender ropa y recoger la que ya estaba seca.

La consciencia de estar sufriendo una injusticia no abandonaba el pensamiento de Iría, que bullía como una olla de patatas con nabos, hasta que ya no pudo resistir más.

Un día, al anochecer, cuando la vecina acabó de tender la última de las coladas, la del vestido que llevaba aquella misma mañana, Iría hizo una señal a Capitán y ambos atravesaron el cañaveral fronterizo, silenciosos como dos sombras.

Iría se agachaba detrás de las matas y avanzaba con saltos esporádicos, como las guerrilleras sandinistas de la televisión: inmovilidad total, estudio del enemigo, movimiento fulgurante, inmovilidad total.

Ni que decir tiene que Capitán actuaba como un militar profesional. Seguía los pasos de Iría con las precauciones de un soldado de operaciones especiales, arrastrándose con el vientre pegado al suelo y las orejas atentas como radares. Sólo cuando un matorral lo ocultaba de la ventana de la cocina, donde estaban instalados los sistemas de observación enemigos, se atrevía a mover el rabo, satisfecho.

La generala Berta se asomaba, en efecto, tras el cristal de la ventana de la cocina. Fingía estar entretenida con la verdura de la cena, probar y añadir sal, pero Iría y Capitán sabían que estaba atenta a cualquier ruido en el jardín, a punto para salir escoba en ristre y lanzando su detestable grito de guerra:

—¿No te he dicho que no quiero críos en mi jardín?

Iría estudió con ojos penetrantes de estratega el territorio invadido. Ocho parterres separaban la casa de la puerta de la calle, ocho rectángulos de tierra oscura, rica, aprovechada ahora por las malas hierbas y no por las flores. La naturaleza silvestre de las caléndulas les permitía sobrevivir a pesar de la competencia, pero las dalias se ahogaban y estiraban inútilmente ramas incapaces de superar el vigor de los hierbajos.

Las cejas de Iría se cargaron de reprobación mientras recorría los parterres. La gente de ciudad tenía tantos defectos que era preciso tratarla con paciencia, vale, pero dejar echarse a perder un jardín tan cuidado como el de los Fustanyá no tenía perdón posible. Era tan pequeño que con cuatro golpes de azada se habría podido conservar todo aquel vergel de flores.

Los parterres estaban separados por caminos de guijarros, terreno prohibido para los exploradores clandestinos. Los guijarros crujían como carracas al pisarlos, y la alarma habría atraído de inmediato al jardín a las fuerzas de ocupación.

La casa ocupaba el centro del terreno, con las paredes de un blanco aún vivo bajo la luz del crepúsculo. Era un chalé de una sola planta con dos habitaciones, típico de veraneo. Iría conocía de memoria su distribución interior de haber ido tanto a jugar: un comedor central, muy luminoso gracias al techo con claraboyas, las dos habitaciones del lado Sur, separadas por el water, la cocina y la sala de estar al lado Norte.

La entrada miraba a poniente, cosa que siempre había hecho reír a Iría. Todas las casas del pueblo estaban orientadas hacia el Sur para aprovechar el calor del Sol. Sólo a un veraneante se le podía ocurrir orientar la casa al Oeste.

Iría los disculpaba porque sabía que la vida en la ciudad hace ignorar las cosas más elementales de la existencia, pero cada vez que pensaba en ello balanceaba la cabeza con compasión.

Sobre las dos habitaciones había una terraza a la cual se llegaba por una escalera de caracol. Esta escalera conducía, en sentido descendente, al sótano, la única habitación espaciosa de la casa, tan grande como toda la planta principal.

El sótano hacía que la casa salvase el desnivel del terreno. Surgía del suelo desde la parte trasera del chalé hasta convertirse, en la parte delantera, en un piso de altura normal, y hacía que la casa pareciese incrustada en la ladera de la colina.

Tres ventanas cuadradas a cada lado permitían ventilar el sótano y le proporcionaban una luz escasa. Mientras que, desde dentro, las tres se veían a la misma altura, como tragaluces que casi tocaban el techo, por fuera la primera de ellas quedaba a ras de suelo.

Entre la casa y el torrente se alzaba el bosque fantasmal de las cañas secas que, el verano anterior, habían sostenido las tomateras. La visión del huerto abandonado aún entristecía más a Iría que la del jardín delantero. La tierra abonada alimentaba un exceso de hierbas parásitas, que crecían con fuerza sobre los surcos que habían visto crecer lechugas, acelgas, tomates y alubias.

—¡Con lo que cuesta echar adelante un huerto! —se lamentó otra vez la espía del Frente Campesino, como se había lamentado tantas veces desde enero; y su camarada de exploraciones asintió con un movimiento de orejas.

El fortín enemigo respiraba tranquilidad. Ya había anochecido, y seguramente estaban confiados sabiendo que los indios nunca atacan de noche.

—Pues ahora verán con qué indios se las han de ver —decidió Iría, y dio a Capitán la señal de avanzar.

La cara de la señora Berta desaparecía tras el vapor de la olla de la verdura. Por idéntico motivo no podía ver el comando que se introducía en su territorio. Sólo tenían que evitar hacer ruido.

—¡Psst! Procura pisar donde hay hierba —instruía Iría a la tropa.

Pasito a paso, los dos guerrilleros avanzaron hasta debajo mismo de la ventana de la cocina, el lugar más cercano al enemigo, pero al mismo tiempo más a cubierto de sus miradas. Y precisamente allí, a los pies de Iría, la primera ventana del sótano había quedado abierta.

—¿Qué te parece, Capitán? Seguro que lo que menos se esperan es que una partida de apaches se les cuele en casa —comentó Iría, en voz muy baja, sin darse cuenta de que la frase le estaba sugiriendo una idea perversa—... se les cuele en casa... —repitió mientras ya calculaba la mejor manera de entrar y salir sin problemas.

Era sencillo. Unas butacas viejas amontonadas debajo mismo del tragaluz le permitirían subir y bajar sin necesidad de hacer equilibrios.

—Espérame aquí, Capitán ¡Y estate quieto! Ladra si la generala sale de casa.

Iría pasó las piernas por el marco de la ventana y tanteó la solidez del montón. Las butacas aguantaban. Se dio impulso hacia adentro y bajó cómodamente hasta el suelo.

Esperaba encontrar el sótano completamente a oscuras y explorarlo guiándose únicamente por cómo lo recordaba, pero una línea de claridad que venía del fondo permitía adivinar el perfil de los objetos.

La línea de luz perfilaba la puerta de una habitación contigua a la puerta exterior del sótano.

Esto era una novedad. El verano anterior no había ninguna pared que dividiese la sala; seguramente los Peguera la habían levantado para tener una habitación que sirviese como taller o algo parecido.

Dentro había actividad. Seguramente el señor Genís estaría trabajando allí mientras esperaba la hora de la cena.

El sótano se veía cuidado, más limpio que el jardín. Los trastos estaban amontonados contra las paredes y así el centro de la sala quedaba despejado. El suelo se notaba fregado hacía poco.

Iría se deslizó hasta la habitación, con mucho cuidado de no hacer ruido, y acercó un ojo a la ranura iluminada. No distinguía al señor Genís, pero el interior no parecía en absoluto el de un taller, sino más bien el de una habitación de hotel. Podía ver una mesilla con libros, una silla y la cabecera de una cama, y podía oír perfectamente el sonido de un televisor.

¿Era quizá que el señor Peguera dormía aquí y no con su mujer? Era raro: arriba había dos habitaciones. Incluso si el matrimonio hacía vidas separadas, no era necesario que uno de los dos se encerrase en el sótano.

La puerta de la habitación empezó a abrirse, y eso asustó a Iría. Si el señor Genís la descubría, no tenía ninguna excusa que pudiese justificar su presencia en el sótano.

Actuó sin pensar, tan automáticamente como reaccionan los guerrilleros ante el peligro. Antes de que la puerta se acabase de abrir, Iría ya estaba acurrucada bajo una mesa camilla.

Los largos faldones no le dejaban ver nada, pero evitaban que la viesen. Oyó los pasos cansados que cruzaban por delante y empezaban a subir la escalera de caracol. Todo iba bien: si el señor Genís subía a la casa, ella podría escapar del sótano tranquilamente.

Fue precisamente entonces cuando Capitán empezó a ladrar desde la ventana. Iría sintió cómo el corazón se le encogía de miedo. El señor Genís podía desconfiar e inspeccionar fuera. Aquella vez, la tropa había incumplido las normas de la discreción militar.

Pero los pasos siguieron escaleras arriba. Se oyó cómo se levantaba la trampilla que cerraba el acceso al piso, llegaron desde arriba un par de frases y los pasos volvieron a bajar.

Malo, malo. ¡Y Capitán no paraba de ladrar!

Iría no soportaba aquella espera sin ver lo que estaba pasando. Tomando todo tipo de precauciones, levantó un poco los faldones de la mesa y observó la figura que regresaba hacia la habitación iluminada.

Y se quedó con la boca abierta, paralizada por el horror.

Delante de ella, un monstruo espantoso balanceaba su cuerpo deforme, con un movimiento que no sugería unas piernas normales; las rodillas —si las tenía— se doblaban hacia afuera en un ángulo inhumano. Más que andar, se columpiaba sobre las piernas.

Pero lo peor era su cara. Toda la parte izquierda se adelantaba formando un bulto que desequilibraba las facciones. Su boca se encogía como si una pinza estirase sus labios hasta desencajarlos; su nariz era casi inexistente, sustituida por dos agujeros en medio del rostro.

Iría ya no se fijó en la forma insólita de las orejas, ni en la excesiva longitud de los brazos. Se echó a gritar como una loca, absolutamente aterrorizada por la monstruosidad que se movía ante ella.

Al oír su chillido, aquel ser atroz se volvió y alargó los brazos hacia ella mientras decía con voz troceada:

—No te muevas... No te muevas...

Capitán ladraba como un poseso desde la ventana, y fueron sus ladridos los que arrancaron a Iría del horror que la paralizaba. De un tirón, apartó los faldones de la mesa y se puso de pie, tropezando, resbalando.

El monstruo avanzaba hacia ella decididamente, los brazos extendidos, los dedos como garfios.

No había más salida que la ventana por donde había entrado, por la cual aparecía el hocico furioso de Capitán, que quería entrar a defenderla.

Iría se precipitó hacia el montón de butacas, obsesionada por los pasos que la seguían. Pero no lo encontró tan sólido como lo recordaba, o quizá fue que trató de trepar con movimientos demasiado descontrolados. El caso es que las butacas temblaron, a punto de desmoronarse, e Iría cayó nuevamente al suelo.

Por suerte, las piernas deformes del monstruo no le permitían correr. Aún estaba a tres metros. Iría volvió a trepar, tratando de calcular mejor los movimientos, y alcanzó finalmente la ventana.

Capitán, de tantas ganas como tenía de salvarla, le obstaculizaba la salida.

—No te vayas... No te muevas —gruñía el monstruo, cada vez más cerca.

Iría lloraba de pánico. Propinó dos puñetazos a Capitán en el morro, y éste, que no esperaba tal ataque, retrocedió unos pasos, desconcertado.

Con eso ya tenía suficiente espacio para salir. Se agarró al marco de la ventana y cogió impulso para saltar. Las butacas se desplomaron, probablemente sobre el monstruo, que ya casi le agarraba los tobillos.

Pero Iría ya tenía el cuerpo fuera.

—Ven conmigo... —decía desde el sótano la voz chirriante del monstruo.

Iría volaba hacia el bosque.

No quería ir directamente a casa, pues el monstruo podía seguirla y averiguar dónde vivía. Tenía que dar un gran rodeo por la montaña para despistarlo, aunque eso significase tardar más en ponerse a salvo.

Los primeros cien metros colina arriba ni los notó. Los pies saltaban como comadrejas de piedra en piedra, indiferentes a las zarzamoras que los arañaban, a las ramas de emborrachacabras que los golpeaban, a la oscuridad que apenas le dejaba ver dónde pisaba.

Después del primer impulso, la pendiente le empezó a pesar. Quería mantener el ritmo de la huida, pero las piernas acusaban el esfuerzo. Se volvía a cada momento, con miedo de descubrir las garras del monstruo a cuatro dedos de la nuca. Escuchaba atentamente para oírle los pasos, pero el ruido que ella misma hacía apagaba todos los demás.

Cada vez más cansada, continuó subiendo hasta llegar al depósito del agua, treinta metros antes de la cima de la colina. Desde allí, se lanzó pendiente abajo, hacia la carretera de Barcelona, sin dirigirse aún hacia el pueblo.

Aquella zona era la más espesa del bosque y estaba demasiado oscuro para poder distinguir los caminos. Iría notaba las espinas de las aliagas que le arañaban la piel y le desgarraban la ropa, pero no se detuvo ni un momento para buscar zonas más despejadas.

Atravesó como una exhalación la urbanización del Telégrafo. En mayo los chalés aún estaban vacíos, excepto los fines de semana.

Las paredes encaladas velaban como fantasmas el silencio de las calles oscuras, roto por los pasos enloquecidos de Iría, que creía adivinar las zarpas del monstruo tras cada ciprés de los setos.

Llegó al fin a la carretera, y las luces de los coches se llevaron buena parte del miedo. El monstruo no se atrevería a atacarla en un lugar tan transitado... En eso confiaba.

Por si acaso, siguió andando a buen paso hasta llegar al pueblo, y no se detuvo ni un momento hasta que el portalón de madera claveteada de la masía Coll se cerró con llave tras ella, asegurado con el cerrojo y atrancado con la vieja barra de madera que desde hacía tiempo no usaban.

—¿Por qué has tardado tanto, Iría? —oyó que preguntaba su madre—. ¿Ya has hecho los deberes?

—Hoy tengo muy pocos —dijo para tranquilizarla, con el poco aliento que le quedaba—. Los hago en un momento.

—Pues despabila.

Pasó corriendo por delante de la cocina y se encerró en su habitación. Al encender la luz se dio cuenta de lo arañada que iba. Llevaba toda la ropa llena de rotos que no le harían ninguna gracia a su madre. Tenía las manos, las piernas e incluso la cara cruzadas de líneas sangrantes. Parecía un eccehomo.

¿Cómo lo justificaría? ¿Qué podía contar a sus padres de lo que había visto en el sótano de los Peguera?

Ahora, en la normalidad de la habitación, se daba cuenta de que nadie cree en las historias de monstruos. Si les hablaba de aquel ser espantoso, pensarían que se había vuelto loca.

3
Noche de pesadillas

Aquella noche, Iría durmió muy poco. El miedo, que la había abandonado cuando cerró el portalón de su casa, volvió tan pronto como apagó la luz.

En la habitación a oscuras, las facciones retorcidas del monstruo tomaban vida de nuevo. Aquella cara deforme sorprendida por el chillido de Iría, aquellos ojos crueles que la descubrían escondida bajo los faldones de la mesilla, aquella voz rota que quería retenerla: «¡No te muevas...! ¡Ven conmigo...!»; aquellos pasos que se acercaban implacablemente mientras ella resbalaba por el montón de butacas, el jadeo repulsivo de aquella respiración animal, los dedos como garfios que la buscaban...

Encendió la luz cuatro veces, exhausta de miedo. La claridad de la bombilla la calmaba, su resplandor ahuyentaba la sombra pavorosa que llenaba el aire de la habitación. Poco después, con el corazón calmado, apagaba la luz para intentar dormir. Y nuevamente se le aparecía la figura inhumana del monstruo.

Estuvo un par de veces a punto de llamar a sus padres, de pedirles ayuda, pero se contuvo en el último momento, porque no les podía explicar nada ni era posible pedir auxilio contra un peligro inconcreto.

O quizá el peligro era más real de lo que creía. ¿Quién le aseguraba a ella que el monstruo no la había seguido hasta su casa?

Había tratado de borrar su pista dando un rodeo de media hora por la colina y la carretera; pero, ¿cómo sabía que el monstruo no tenía un olfato de perro, capaz de seguir implacablemente un rastro?

Al fin y al cabo, no la separaban ni cien metros del sótano de los Peguera. El monstruo había podido olerla, y ahora podía reconocer su olor e ir a buscarla a través del torrente. Nada le impediría el paso por el cañaveral.

Quizá tenía que alertar del peligro a sus padres. En aquel mismo momento, el monstruo podía estar ya rondando la masía, buscando una entrada, ansioso por atrapar una víctima entre sus zarpas bestiales.

Iría tenía ahora tanto miedo que ni se atrevía a encender la luz, para no llamar la atención del monstruo hacia su ventana.

Pero calma, vamos a ver, tal vez exageraba: Capitán ladraría si aquel ser se acercaba a la masía Coll, como había ladrado furiosamente cuando lo vio por la ventana del sótano.

Pero claro, eso sería si Capitán no había sido ya la primera de las víctimas. Quizá la calma de la noche indicaba precisamente que la tragedia había empezado por el perro.

De repente, Iría pensó en los señores Peguera y se sintió culpable: había escapado del chalé a todo correr sin alertarlos del monstruo que se había introducido en su sótano.

A aquellas horas, la señora Berta y el señor Genís debían de estar muertos, destrozados por la bestia. Y todo porque ella había sido tan egoísta que ni siquiera les había dado un grito de advertencia.

Y cuando más culpable se sentía, Iría estalló en una carcajada liberadora. ¡Qué burra era! Estaba bien claro que el monstruo vivía habitualmente en el sótano: habían construido aquella habitación para él, con una cama, una mesa llena de libros y un televisor. Era evidente que los Peguera le conocían, que hablaban con él. Era evidente que no les atacaría.

Iría volvió a reír, liberando así toda la tensión acumulada durante las últimas horas. Se estaba dando cuenta de que el monstruo no podía ser una bestia tan feroz. Un ser que habla, ve la tele y lee libros no acostumbra a despedazar matrimonios ni vecinitas.

Pero entonces, si el monstruo no era una

criatura salvaje, ¿qué era? ¿Y qué hacía en el sótano de casa de los Peguera?

La explicación se abrió paso como un rayo de luz en el cerebro acongojado de Iría: el monstruo debía de ser hijo de los Peguera, un hijo deforme que mantenían encerrado en el sótano para que nadie lo viese.

Recordaba casos parecidos que habían explicado en las noticias de la televisión: una niña subnormal de Igualada, cuyos padres la ataban con una cuerda a la cama cuando se iban a trabajar; y un chico de Gandía, que había vivido veinticinco años en un sótano de tres metros cuadrados, encadenado a la pared y rodeado de porquería.

¡Cuántas cosas se entendían ahora!

El escaso trato que mantenían los Peguera con sus vecinos, el hecho de no recibir visitas, la irritación de la señora Berta cuando la veía jugar en el jardín del chalé...

«¿Cómo te tengo que decir que no quiero críos en mi jardín?»

La señora Berta tenía miedo de que pasase exactamente lo que había pasado: que la chica, curioseando aquí y allá, descubriese el prisionero del sótano y sacara a la luz el terrible secreto de la familia.

¡Cuántas vueltas da la vida en un momento! Tanto sufrir porque el monstruo podía descuartizar a los Peguera y eran ellos los que lo tenían encerrado, secuestrado, aun siendo su propio hijo.

¡Con razón no le convencía el carácter de la señora Berta! Aquella forma de echarla del jardín, aquellos gritos desagradables... ¿Qué se podía esperar de una mujer que no era capaz de sentir amor de madre, hasta el punto de encerrar a su hijo como si fuese una fiera?

El pobre chico tenía los rasgos deformados por alguna terrible enfermedad, pero los auténticos monstruos eran sus padres, incapaces de ofrecerle ni siquiera un trato humano.

Iría recordó la cara del prisionero y, ahora que conocía su secreto, no le pareció tan horrible. De entrada impresionaba, claro, pero seguro que era posible acostumbrarse a ella. Y, en todo caso, por fea que fuese, eso no autorizaba a los padres para tratarlo como a un animal.

Iría pensó entonces que una persona tiene derecho al mismo respeto, tanto si es fea como si es guapa, tanto si está sana como enferma.

¿Cuántos años debía de llevar el pobre encerrado como una bestia? Era difícil adivinar la edad de un cuerpo tan desfigurado que impedía cualquier comparación.

Quizá lo podría deducir por la edad de los padres. Los señores Peguera debían de andar por los cuarenta años. Se los veía algo envejecidos, probablemente a causa de la tragedia del hijo, pero de ninguna manera habían cumplido los cuarenta y cinco.

El hijo debía de tener como máximo veinte años, más probablemente quince, y seguramente no pasaba de los trece. Ahora que recordaba aquella voz ronca pidiéndole que no se marchase, creía notar en ella un tono infantil entre el sonido de las cuerdas vocales anormales.

¿Era un chico de su edad? Con un escalofrío, Iría se imaginó a sí misma con la cara deformada y el cuerpo contrahecho.

Se miró las manos, de dedos finos que doblaba y extendía con gracia, de una forma tan diferente al gesto crispado de aquellas garras, y se imaginó sus propios dedos torcidos como garfios, acabados en uñas violentas, las manos dobladas por articulaciones impropias.

Los brazos perdían su piel suave para cubrirse de pelos rígidos, como las cerdas de un cepillo. Los codos se encogían en un ángulo inquietante.

El cuerpo ya no era capaz de estar estirado entre las sábanas. Ahora se retorcía para adaptarse a la forma de huesos grotescos: la espalda se llenaba de bultos, el pecho se hundía, un hombro se levantaba más que el otro, la columna se enroscaba con intención aberrante.

Iría saltó de la cama, con miedo de su propio cuerpo y aliviada al comprobar que conservaba la normalidad de todos sus miembros. Estiró los brazos, las piernas, cada uno de los dedos, como si necesitase comprobar que cada articulación conservaba aún sus movimientos naturales.

Se miró la cara al espejo, una cara asustada encuadrada en el marco de madera oscura. Y, de repente, ya no era la cara de Iría, sino la frente desequilibrada del monstruo, la boca contrahecha, la nariz casi inexistente...

—Si yo me volviese así —se preguntó en voz alta—, ¿dejaría de ser Iría?

Era una buena pregunta. Si una enfermedad le desfigurara las facciones tanto como estaba imaginando, ¿se convertiría en otra persona, alguien con pensamientos diferentes?

—No, no —se contestó ella misma—. Sería yo misma, Iría, la de la masía Coll.

Paseó la mirada por las paredes blancas de la habitación, por la cama, la mesilla de noche, el armario, la antigua mesa de nogal sobre la que hacía los deberes de la escuela. Se estremeció.

—Toda la vida encerrada entre estos cuatro muebles...

Se fijó en la puerta de la habitación, aquella puerta que podía abrir siempre que quería.

—Si me convirtiese en un monstruo, no dejaría que me encerrasen en la habitación. No soportaría una vida sin poder tomar el sol, sin correr por el bosque y subirme a los árboles... Sin hablar con ningún amigo.

Y al decir esto último, pensó en toda la soledad que había detrás de aquel «No te vayas..., ven conmigo» del prisionero de casa de los Peguera.

¡Qué tonta había sido asustándose! El pobre chico le había pedido ayuda para escapar y ella sólo había visto en él ansias homicidas.

Un chico que no podía hablar nunca con nadie más que con aquellos padres crueles que eran sus carceleros; que quizá no había tenido amigos; que quizá nunca había conocido a nadie de su misma edad; que quizá llevaba toda su vida esperando un visitante improbable que descubriese el secreto familiar y le ayudase a liberarse.

Y cuando al fin se producía el milagro, cuando una vecinita burlaba la vigilancia paterna y decidía saltar por el estrecho tragaluz del sótano, resultaba ser una pánfila que sólo sabía chillar como una histérica y salir disparada como un misil.

¿En qué desesperación lo habría sumido? ¡La esperanza de toda una vida frustrada por una huida ridícula!

Y la chica aún era tan boba como para

pasarse la noche en vela con miedo a que la persiguiese un *terrible monstruo* que sería feliz con sólo alejarse quince metros de su prisión y recibir la caricia del Sol.

¿En qué podía confiar a partir de ahora el pobre chico? Si su figura era tan horrible que ponía en fuga a quienes descubrían su situación, ¿qué esperanza le quedaba?

Sólo le esperaba la perspectiva de una cautividad sin fin, una cadena perpetua sin haber cometido ningún delito, un entierro en vida, la desesperación absoluta.

E Iría, que se había sentido aterrada al ver al monstruo y había huido de él con el corazón desbordante de pánico, se imaginó ahora rescatándolo de la prisión en que lo habían sepultado aquellos padres indignos.

4
Chalé bajo vigilancia

Bien, pues ahora jugaría de veras a espiar a los vecinos. Iría se organizó para estudiar los movimientos de los señores Peguera, y así calcular cuál sería el mejor momento para intentar la liberación del prisionero.

Ya no se trataba de divertirse burlando las manías de una vecina gruñona. Ahora tenía un objetivo *superserio:* la libertad de un pobre chico encerrado por sus padres.

Ahora sí que le serían útiles las técnicas de comando, las habilidades de guerrillera sandinista y las maniobras apaches de ocultación. El pelotón de niña y perro tendría la ocasión de demostrar su eficacia y su valor.

Iría se dedicó a ello en cuerpo y alma.

Cada día, al volver del colegio, tanto al mediodía como por la tarde, se infiltraba en el jardín vecino. No podía dedicar más que un rato, porque los profesores se habían confabulado para cargarla de deberes, problemas y lecciones. Pero unos minutos los cumplía siempre. Atravesaba el torrente de las Viñas Viejas por lugares que había preparado para pasar sin mover ni una caña, y aprovechaba los desniveles del terreno para llegar hasta los lugares de observación manteniéndose a cubierto: un níspero situado entre el huerto y la casa, ideal para vigilar la cocina; y el olivo de tronco retorcido que dominaba el jardín de la entrada.

Capitán tenía encargada la tarea de distracción del enemigo. Era una misión de importancia decisiva cuando Iría hacía algún ruido inoportuno que ponía sobre aviso a la señora Berta.

—¿Quién anda ahí? —gritaba, pegando la nariz al cristal de la cocina.

—¿Pues quién va a ser? El perro de la vecina otra vez —comentaba el marido desde la butaca de la sala de estar.

Y, en efecto, Capitán salía al descubierto, olisqueando los parterres de caléndulas ahogados por las malas hierbas.

—¡Mecachis el perro! —se oía decir a la señora Berta—. ¡Lo tendrían que tener atado!

—Vas lista, si crees que lo voy a atar...

El primer objetivo, la base de toda la operación, era descubrir las rutinas de la casa.

Las rutinas son el punto flaco de la especie humana. Hasta los criminales más peligrosos, hasta los locos más disparatados, acaban haciendo de su actividad una rutina, y por ahí se los puede atrapar.

Ni que decir tiene que un matrimonio de vida tan retirada como los señores Peguera tenía por fuerza que vivir una pura rutina. Por mucho que hubiesen secuestrado a su propio hijo, los Peguera no se podían considerar unos delincuentes, sino más bien dos personas desbordadas por una desgracia insólita.

El nacimiento de un hijo monstruoso les debía de haber roto todas las pautas de comportamiento. Había que reconocer que el pobre chico tenía un aspecto espantoso, que no invitaba precisamente a dejarlo ver.

¿Qué podían hacer los señores Peguera con un hijo así? No lo podían llevar a un colegio normal, ni había internados que aceptasen criaturas como aquélla. Hasta cierto punto, se podía entender que el matrimonio recurriese a soluciones extremas, desesperado por un problema que les desbordaba. Pero, en todo caso, no tenían que encerrar a su hijo en el sótano. Iría comprendía que aquello no podía ser: una cárcel no es buena ni para los animales, y consideraba una vergüenza lo que los vecinos habían hecho con su hijo.

Unas semanas de vigilancia le mostraron

las rutinas de la casa. Había un montón: los Peguera eran una pura rutina, en efecto.

El señor Genís salía a trabajar cada día a las siete en punto de la mañana. No hacía falta que bajase a vigilarlo: Iría podía oír desde la cama el motor del coche que se alejaba.

Volvía a las seis de la tarde. Iría esperaba subida en el níspero, y veía cómo se sentaba delante del televisor con el diario deportivo hasta la hora de la cena.

La señora Berta llevaba una vida de ama de casa. Se levantaba a la misma hora que su marido para preparar el desayuno y dedicaba la mañana a la limpieza: barría, fregaba, limpiaba el polvo, repasaba los cristales...

Hacia la una se ponía a preparar la comida, sin darse cuenta de que a aquella hora los ojos de Iría no la perdían de vista desde lo alto del olivo.

Entonces venía el momento clave: a las dos, cuando salía de la cocina llevando una bandeja con platos. Era hora de llevar la comida al prisionero.

Iría lo confirmó espiando por las ventanas del sótano. Ahora estaban siempre cerradas, pero dejaban entrever lo suficiente para saber que la señora bajaba al sótano con la comida, charlaba un rato con su hijo y volvía al piso con los platos vacíos.

Llevaba a su hijo lo mismo que comía ella. En eso no lo discriminaba, pero nunca comía con él: esperaba a que acabase y subía a la cocina a comer sola, de pie, como hacen algunas personas nerviosas.

Después de comer iba a sentarse a la salita, para tomar un café con calma mientras veía las noticias de la televisión. Para Iría era hora de volver corriendo a casa, coger la cartera y volar hacia la escuela.

Las costumbres de la tarde eran igual de sencillas. La señora Berta dedicaba las tardes a la ropa: tender, zurcir, planchar, doblar y, finalmente, guardarla en los armarios.

Lo hacía todo en la salita, con la tele encendida. Mientras trabajaba, se tragaba la colección de concursos y seriales de las tardes.

Nunca leía ni buscaba otras distracciones que la televisión. A las seis, cuando llegaba su marido, se sentaba con él en el sofá a hacerle compañía un rato, y en seguida iba a la cocina a preparar la cena.

Hacia las nueve, antes de sentarse a cenar, volvía a bajar la bandeja al sótano. Entonces, el prisionero cenaba solo mientras sus padres hacían lo mismo en el comedor.

El matrimonio se iba a dormir pronto, y esto lo agradecía Iría. Después de cenar se ponían delante de la tele, pero se les cerraban los ojos antes de saber quién era el bueno de la película y desfilaban hacia la cama.

Los fines de semana, la rutina era distinta. El sábado, el señor Genís iba también a trabajar, pero más tarde, hacia las nueve menos cuarto. Iría dedujo que era otro trabajo, de los que la gente busca para sacarse un sobresueldo.

La señora Berta salía de casa poco después, ya pasadas las nueve, con el carrito de la compra. Tardaba más o menos una hora en volver, con el carro bien cargado y dos bolsas llenas en la otra mano.

Nunca iba a comprar el viernes, y eso que el viernes es día de mercado en Montornés, y se puede encontrar de todo y a buen precio. Debía de pensar que ir a comprar es cosa de los sábados. Ella se lo perdía.

Pero atención: aquél era el único momento de toda la semana en que el hijo se quedaba solo en casa. Este margen de una hora podía servir para intentar el rescate.

Era muy poco tiempo si quería forzar la ventana del sótano, entrar, tranquilizar al muchacho, hacerle entender el plan de huida, empujarle escaleras arriba, forzar la trampilla que daba al piso y salir por la puerta de la casa. Pero no disponía de más tiempo.

Los sábados, el señor Genís iba a comer a casa hacia la una. Después de bajar el rancho al prisionero, el matrimonio comía en la mesa de la cocina antes de sentarse a hacer la siesta delante del televisor.

Aquél podía ser también un buen momento para la acción, pero Iría lo rechazó en seguida. No podía arrastrar al prisionero por delante de sus padres dormidos. Harían demasiado ruido y seguramente los despertarían.

Había descartado también la posibilidad de hacerle salir por la ventana del sótano. Si apenas pasaba ella, que era delgada y ágil, era imposible que pudiese pasar aquel cuerpo deforme de movimientos torpes.

El resto de la tarde del sábado era tiempo perdido. Los Peguera lo pasaban en la salita dormitando ante la pantalla, sin otra ocupación que un par de partidas de cartas.

El domingo, en cambio, era un día de actividad. El señor Genís se levantaba de buena mañana, sin ningún tipo de pereza: no era de extrañar, sabiendo que había pasado media tarde del sábado durmiendo.

Sacaba el coche del garaje y lo lavaba por dentro y por fuera, bien fregado, pulido y repasado. Dedicaba al coche toda la atención que no dedicaba al jardín. Parecía que no fuese a acabar nunca de frotarlo, de rascarle cualquier partícula de óxido, de pasarle la gamuza y arrancarle cualquier salpicadura de barro de las llantas, hasta dejarlo reluciente.

—¡Ya podrías tratar con ese amor a tu hijo! —le imprecaba silenciosamente Iría desde lo alto del olivo.

La señora Berta experimentaba el mismo estallido de actividad dominical. Salía de la casa con una escalera y un cubo de agua y limpiaba la parte de fuera de las puertas y ventanas. Era el único momento de la semana que se la veía alegre, incluso canturreaba. Se ve que limpiar los cristales la hacía feliz, a saber por qué. O quizá tenía una especial afición a subirse a la escalera.

La actividad no se acababa a la hora de comer. Por la tarde tocaba bricolaje. El señor Genís clavaba, encolaba, atornillaba y serraba por toda la casa, y su mujer le seguía escoba en mano para recoger los restos dejados por el vendaval.

Y ésta era la vida de los Peguera.

En resumen: sólo dejaban al prisionero sin vigilancia una vez a la semana, la hora de la compra del sábado por la mañana. Durante esa hora, el comando tendría que dar el golpe maestro.

No era una acción que se pudiese improvisar. Todo tenía que estar cuidadosamente preparado. Lo primero que había que tener en cuenta era advertir al prisionero de la acción. Si el chico estaba esperando la liberación, se ahorrarían complicaciones y riesgos.

Iría se acercó un montón de veces al sótano, pero la ventana se mantenía cerrada desde el día en que ella había entrado. Golpeaba el cristal para llamar la atención, pero no se atrevía a hacerlo con mucha fuerza por miedo a que la señora Berta la oyese.

El chico casi no salía de su habitación, y el sonido del televisor, siempre conectado, apagaba el de la llamada de Iría. Era difícil comunicarle sus intenciones.

Tanto lo intentó, que un día lo sorprendió cuando subía por la escalera hacia el piso. Llamó desesperadamente, y ahora el monstruo la oyó. Se volvió hacia la ventana y la miró con ojos que quizá eran de sorpresa.

Por un momento, Iría estuvo tentada de olvidar todas sus buenas intenciones y huir. De nuevo se sintió aterrada ante la expresión de aquella cara deforme que la miraba con intenciones indescifrables.

Se aferró al marco de la ventana para darse ánimos, y se obligó a mirar de frente aquella cara.

—Me he de acostumbrar —se dijo—. Es

tan persona como cualquier otra. ¡Me he de acostumbrar a mirarle!

Con un esfuerzo de la voluntad, volvió a golpear el cristal, aunque ya no hacía falta. El chico no la perdía de vista, quizá preguntándose quién era aquella desconocida que se atrevía a romper la monotonía de su vida de recluso.

¿Se acordaba de ella? ¿Recordaba el encuentro de unas semanas antes?

¿Cómo la recordaría? Como una liberadora seguro que no, después de los gritos y la huida.

¿La veía como una cría más asustadiza que él? ¿Sencillamente como una vecina cotilla? ¿O tal vez como una ladrona que intentaba robar algo del sótano?

El chico consiguió acercarse a la ventana y, después de dos intentos, logró descorrer el pasador. La hoja de la ventana bajó de golpe.

—Ven..., ven... —articuló, con su voz áspera, con la misma ansiedad que la otra vez.

Iría volvió a sentir pánico. Le horrorizaba pensar que el monstruo pudiera sacar una mano por la ventana y cogerla por una pierna. Pero tenía que darle el mensaje, y se contuvo.

—E... escucha. Escúchame... Te lo diré deprisa para que no nos descubran. Lo estoy preparando todo para sacarte de esta prisión.

En un momento, le explicó las líneas básicas de su plan. Lo hizo de un tirón, sin entretenerse en averiguar si el monstruo entendía lo que le estaba diciendo. De hecho, no paraba de moverse nerviosamente y de decirle:

—Ven... Ven...

Iría oyó que se abría la puerta de la casa y se despidió del prisionero con un rápido:

—¡Prepárate!

Cuando la señora Berta dobló la esquina de la casa y se acercó a la ventana abierta, Iría ya estaba al otro lado del torrente.

—¿Qué era este ruido? Pero, ¿por qué has abierto la ventana, Pasqual?

Fue así como Iría supo que el *vecino prohibido* se llamaba Pasqual. Un nombre poco corriente para una persona nada corriente.

5
Misión de rescate

Los planes quedaron colgados unas cuantas semanas. Iría se quedó sin tiempo libre porque tenía que preparar los exámenes de junio, y una operación de rescate como aquélla era una cuestión delicada que había que asegurar, planeando con mucho cuidado cada detalle.

Por otro lado, la incapacidad del prisionero para seguir una conversación la había desanimado bastante. Quizá el pobre era algo subnormal.

Era de esperar. Tendría que haberse imaginado que, con aquella vida de reclusión, sería un ser primitivo, incapaz de mantener una conversación inteligente.

Pero aun así, no había derecho a encerrarlo, por retrasado que fuese. Aunque fuese completamente idiota, era injusto mantenerlo en aquella reclusión inhumana.

Y de hecho, el chaval no podía ser completamente subnormal. Bien o mal, sabía hablar, y los libros que había visto sobre la mesa de la habitación demostraban que también leía. Posiblemente sólo tenía problemas de habla ocasionados por el aislamiento.

Iría estaba segura de que una temporada de vida normal, rodeado de gente joven y hablando por los codos, le repondría de todo su atraso.

Pero de momento el prisionero se tendría que esperar. No había más remedio. Los exámenes de junio se cernían en el horizonte como una nube de tormenta, y una tormenta de las peores, de las de rayos y centellas, porque con tantas horas de vigilar la base enemiga llevaba las asignaturas muy descuidadas.

Iría cogió los libros con ganas de recuperar el tiempo perdido, pero se le hacía muy difícil estudiar. La cabeza se le iba cada dos por tres hacia el sótano de los vecinos, hacia la cara espantosa que la había mirado a través de la ventana mientras repetía: «Ven... Ven... ».

¡Y lo que son las cosas! Cuanto más pensaba en aquella cara, menos horrorosa la encontraba. Incluso a las deformidades acabas acostumbrándote.

—Como piense mucho más en él, acabaré enamorándome —se burlaba de sí misma—. ¡Venga, niña, a las *mates*!

De vez en cuando sentía remordimientos por aplazar el rescate del pobre chico, pero no podía hacer más: tenía que aprobar el examen como fuese.

—¿Es que unos exámenes son más importantes que la libertad de un secuestrado? —se decía, con mala conciencia—. Si la prisionera fuese yo, si estuviera loca por escapar, ¿qué pensaría de esta excusa de los exámenes?

E imitaba la voz gruesa del vecino.

—¡Ya está bien, Iría, vaya *morro*! Yo sigo prisionero días y semanas mientras tú te entretienes con las matemáticas!

—Debe de ser un vicio, lo mío con las matemáticas —se contestaba ella misma, mientras volvía a fijar la vista en el libro sin ver nada.

Si el chico había entendido el plan, estaría comiéndose las uñas de impaciencia esperando el momento de la libertad.

Cada día se despertaría buscando en la ventana la cara salvadora de Iría. Cualquier ruido en el jardín, una ráfaga de viento, la caída de una rama seca... le harían subirse al montón de butacas, adivinando una sombra amiga a través del polvo que cubría el cristal, antes de desengañarse.

Los pasos de Capitán, que continuaba explorando la casa de los vecinos, para desesperación de la señora Berta, le sonarían como las trompetas de la libertad. Y vuelta al desengaño.

¡Qué frustración debía de sentir el pobre al llegar la noche, después de haber pasado un día más encerrado! Quizá se metía vestido en la cama, con la mirada fija en la rendija de la puerta que le dejaba ver el tragaluz, para estar a punto por si Iría llegaba de noche.

Pero de momento el problema más preocupante era que llevaba media tarde con la lección veintisiete delante y aún no se la sabía. Las posiciones de un plano en el espacio, menuda juerga.

También le preocupaba pensar qué haría con el pobre chico una vez lo liberase. Había estado tan concentrada en la planificación del rescate que no se había parado a pensarlo. Pero ahora, delante de los libros y con tanto tiempo para meditarlo, la cosa se presentaba peliaguda.

¿Y qué haría? ¿Lo llevaría a casa? Quizá a sus padres no les hiciera demasiada gracia tener un monstruo en casa.

¿Qué otra cosa podía hacer, si no? ¿Esconderlo en la cabaña de la viña y subirle la comida cada día? Sería una prisión como la anterior, y todavía más pequeña.

También podría acompañarlo al Ayuntamiento, denunciar a aquellos padres malvados y dejar al chico al cuidado de la policía municipal. Pero no, de ninguna forma quería meter a los guardias en aquello. En primer lugar, porque no la creerían: todo el barrio estaba convencido de que los señores Peguera no tenían hijos, y le pedirían explicaciones, de dónde había salido aquel monstruo. Si al menos el pobre chico se supiese explicar...

Y, en segundo lugar, porque los guardias buscarían un asilo donde internarle. Nadie del Ayuntamiento querría adoptarlo ni lo querría en casa, y acabaría en una nueva prisión peor que la del sótano, donde, al menos, estaba al cuidado de sus padres.

Ella quería liberarlo para darle una vida normal, para hacerle conocer la alegría que nunca había experimentado, para que aprendiese a conversar, para que se acostumbrase a reír como una persona feliz.

Por mucho que pensaba, no se le ocurría ninguna solución. Ya tenía la cabeza como un bombo, y encima debía volver a las *mates...;* o sea, que acabó decidiendo que ya se ocuparía de aquel problema cuando se lo encontrase.

A por las *mates,* pues: las posiciones de un plano en el espacio...

La primera cuestión, tan pronto como acabase los exámenes y dispusiese de tiempo libre, era sacarlo de la cárcel. Y cuando el pobre chico estuviese fuera, ya le buscaría una casa.

6
El rescate

Fue como si el calor también estuviese esperando el final de curso. Recoger el último profesor el último examen y empezar el calor fue todo uno. Un inicio de vacaciones muy propio.

—Tú sí que lo tienes bien, Iría, con el lavadero viejo bien lleno —le decían los de la pandilla—. ¡Ya vendremos a bañarnos!

El lavadero viejo era un pilón largo y estrecho, rodeado por losas de piedra inclinada, que recibía el agua de la fuente de la masía Coll. Cincuenta años atrás, las mujeres de Montornés iban allí a lavar la ropa, y se las veía pasar por el camino de la masía con el cesto de la colada en la cintura.

El lavadero viejo servía, además, de club femenino. A todas horas se las oía charlar, entre el golpear de las palas. Las caras reían mientras las manos levantaban las prendas chorreantes y las escurrían con un gesto experto.

Desde la aparición de las lavadoras eléctricas, el lavadero había caído en desuso. Bien, de hecho no del todo: servía, pero para algo bien distinto. El padre de Iría le daba un repaso al principio de cada verano y ella lo usaba de piscina.

—Me parece que no os apetecerá bañaros en el lavadero viejo. El agua de la fuente sale hela-a-aada este año —decía Iría, para desanimarlos.

Era verdad que salía helada, pero no más que otros años. Iría exageraba porque no quería compañía. Para ella no habían empezado las vacaciones ni los baños, pues estaba consagrada al golpe maestro que liberaría al vecino secuestrado.

Sería un sábado, claro, a las nueve de la

mañana, la hora en que la señora Berta iba al pueblo a comprar.

Esperaría, escondida tras el níspero, que la mujer saliese con el carrito. Tan pronto como se perdiese de vista, correría a la ventana del sótano y golpearía el cristal para que el prisionero la abriese. Y esta vez podría llamar con fuerza y sin miedo de hacer demasiado ruido, pues la casa estaría vacía.

Todo tenía que estar previsto. Si el chico no la oía, Iría abriría la ventana desde fuera. No sería muy difícil, pues se cerraba con un pasador que se podría hacer saltar pasando la hoja de una navaja por la rendija.

Abierta la ventana, un salto y adentro. Capitán se quedaría de guardia, con la consigna de ladrar si la señora Berta volvía antes de hora. Tenía que preverlo todo.

Entonces vendría el encuentro con el monstruo. Aquél sería el momento más delicado de la operación. Iría estaba segura de que ya no le tendría miedo.

Si antes le había angustiado que el monstruo pudiera cogerla con aquellas garras bestiales, ahora sería ella quien tendría que cogerlo para ayudarlo a subir las escaleras. Y no habría ascos que valiesen, pues cada minuto sería vital.

No vacilaría. Lo cogería del brazo sin manías, si es que él se dejaba coger.

Porque ése podía ser otro problema: ¿cómo reaccionaria el chico cuando la viese? Veamos las posibilidades:

1. *El chico había entendido las explicaciones que Iría le había dado unas semanas antes y la estaba esperando.*

Era el caso más favorable. Seguramente habría preparado una bolsa con las cosas más imprescindibles. Tan pronto como la oyese llamar, le abriría la ventana, cogería sus cosas y la seguiría escaleras arriba.

En veinte minutos habrían completado el

rescate y estarían a salvo de la persecución de los padres.

2. *El chico no había entendido las explicaciones de Iría y no la esperaba.*

Iría le tendría que explicar de nuevo el plan de rescate. Tardarían un buen rato más, entre superar su sorpresa inicial, explicar el plan y recoger lo más imprescindible. Por mucho que perdiesen con ello unos minutos, el chico se tenía que llevar algo de ropa, pues no encontrarían prendas adecuadas para él en ninguna tienda.

Tiempo previsto: entre cuarenta y cuarenta y cinco minutos, según la rapidez de comprensión del chico.

3. *El chico era realmente subnormal y no entendía que Iría quería liberarlo.*

La situación sería mucho más complicada, pero Iría estaba dispuesta a llevárselo de todas formas. Normal o subnormal, el prisionero necesitaba por encima de todo relacionarse libremente con la gente.

Pero en aquel caso lo tendría que empujar escaleras arriba quiera o no quiera. Esperaba que pesase menos de lo que parecía, y también que no se resistiese.

Tiempo de la operación: todo el que hiciese falta, hasta el límite máximo de una hora. Tenían que alejarse de la casa sin que la señora Berta los viese.

Si se cumplía la hora y no había podido sacarle de la casa, Iría no tendría más remedio que abandonarlo allí y escapar. Y si la operación de rescate fallaba, ya no habría posibilidad de repetirla: los señores Peguera tomarían todas las precauciones para que Iría no pudiese volver a ver al hijo cautivo.

Entonces, y sólo entonces, se decidiría a denunciar el caso a la policía municipal.

Claro que esta última posibilidad era la

menos probable. Un chico que leía libros no podía ser subnormal.

El punto que presentaba mayor dificultad técnica de toda la operación era el de abrir la trampilla que separaba el sótano del piso. Iría recordaba que se cerraba con un pestillo desde arriba, pero bien pudiera ser que los señores Peguera hubiesen añadido una cerradura mucho más difícil de romper.

¿Cómo saberlo? Iría estaba maquinando excusas para hacer una visita de cortesía a los vecinos y aprovechar así para ver la trampilla, pero justo entonces la señora Peguera la descubrió subida en el olivo y la recriminó desde la ventana de la cocina.

—¿Otra vez rondando por el jardín, chiquilla del demonio? A ver qué actitud tendré que tomar para que no vuelvas a hacer gamberradas. ¡Tendré que hablar con tu padre para que te zurre!

Iría tuvo que abandonar su punto de observación a toda prisa, al mismo tiempo que descartaba sus proyectos de visita de buena vecina (malintencionada).

Esto quería decir que debería entrar en el sótano preparada para forzar cualquier tipo de cerradura que pudiera haber en la trampilla. Así pues, llenó una bolsa de herramientas de su padre con todas las que servían para agujerear. Por suerte, con la casa vacía podría martillear y serrar tanto como hiciese falta sin preocuparse por el ruido.

Una vez rota la cerradura, subiría al piso superior con el pobre chico y saldrían de la casa por la puerta trasera, si la podía abrir. A malas, saltarían por una ventana.

No saldrían a la calle por si los veía algún vecino o la misma señora Berta. Atravesarían el torrente y escondería al chico, de momento, en el henil. Al día siguiente, según la reacción de los señores Peguera, decidiría qué hacer.

Quizá, al verse descubiertos, no se atreverían a hacer nada: si denunciaban la desaparición de su hijo, tendrían que dar explicaciones muy comprometidas a los guardias.

Iría repasó el plan una docena de veces, reloj en mano, imaginando que hacía cada uno de los movimientos, que repetía cada una de las explicaciones, hacía saltar cada una de las cerraduras y empujaba al prisionero cada metro de la distancia entre el sótano de los Peguera y el henil de la masía Coll.

Cincuenta y dos minutos, cuarenta y seis minutos... ¡Podía lograrse! Por poco que el chico colaborase, lo conseguirían.

El segundo sábado de julio, finalmente, Iría se situó detrás del níspero veinte minutos antes de las nueve, con la bolsa de herramientas al hombro. A sus pies, Capitán estaba quieto y callado como una estatua.

Justo a las nueve menos cuarto oyó cómo arrancaba el coche del señor Genís. A las nueve y once minutos, el chirrido de las ruedas del carrito de la compra le anunció que la señora Berta salía de casa.

Dejó cuatro minutos de margen para que se alejase y, exactamente a las nueve y cuarto, puntual como un cronómetro electrónico, empezó la operación de rescate.

Se acercó a la casa y echó una ojeada al sótano a través del polvo acumulado sobre el cristal de la ventana.

No se veía casi nada. El chico debía de estar en la habitación, sin saber que la libertad volaba a rescatarlo. Quizá dormía aún.

Iría golpeó enérgicamente el cristal. Medio minuto. Un minuto. Más fuerte. La puerta de la habitación se abrió y el monstruo caminó torpemente hasta el tragaluz.

—¡Abre! ¡Abre la ventana! —gritó Iría, acompañándose con gestos.

Sentía el corazón latiéndole alocadamente, como el de un gatito. La cara del monstruo volvía a impresionarla. Ya no la asustaba, pero no podía evitar que el estómago se le encogiese como si aquellas zarpas lo tuviesen cogido.

—¡Abre la ventana! —seguía golpeando el cristal.

El chico casi no llegaba al pasador, incluso poniéndose de puntillas. Sus torpes manos no acertaban a cogerlo. Iría estaba a punto de sacar la navajita para levantarlo ella misma cuando él, por fin, lo consiguió.

Iría no esperó a que la hoja cayese del todo: apenas la ventana estuvo abierta, ya estaba dentro.

—Quédate aquí vigilando —dijo a Capitán.

—Me llamo... Me llamo Pasqual —se presentó el monstruo, con aquel vozarrón oxidado.

El sonido de la voz hizo estremecer a Iría, pero no se presentó a su vez: no estaba para ceremonias.

—Escúchame. Ahora escúchame bien, Pasqual. Tenemos poco tiempo. Estoy aquí para ayudarte a escapar de esta cárcel.

Le explicó los detalles de la operación tan

rápidamente como pudo. El chico la dejaba hablar mirándola con asombro, o al menos eso parecía: era difícil interpretar la expresión de aquella carota.

—Ya lo tengo todo preparado, Pasqual. Sólo has de seguirme y conseguirás escaparte de aquí.

—¿Escaparme?

—Sí, hombre, claro: huir, escaparte del sótano, fugarte de la cárcel —Iría volvía a temer que el chico fuese realmente subnormal.

—¿Y por qué he de escaparme?

¡Pobre! Ahora estaba claro que le faltaba un tornillo. Iría se armó de paciencia. Ya había previsto esta posibilidad: era el *Plan de operaciones 3,* el más difícil. ¡Vaya una suerte!

—¡Claro que sí, hombre! Escúchame, Pasqual: tus padres te tienen prisionero en este sótano, pero fuera hay muchas cosas bonitas, que te gustarán mucho. Ahora sígueme por la escalera, ven conmigo y ya verás qué bien lo pasarás jugando con los niños de fuera...

Le hablaba con su voz más persuasiva, pero el chico no reaccionaba. Iría se decidió a cogerle la mano —la zarpa— para ayudarle a decidirse.

Y entonces estalló aquel estruendo espantoso. Iría soltó la mano de Pasqual y saltó hacia atrás, asustada.

Era Pasqual que se reía, abriendo de lado su boca torcida.

Se reía. Se reía como si Iría le acabara de explicar el mejor chiste del mundo.

Y aquello, claro, no estaba previsto. Iría no había contado con un Plan 4.

4. *El chico se echa a reír y, en vez de huir, se quedan a jugar al parchís.*

Iría no estaba preparada para las carcajadas del prisionero.

—No me tienen prisionero —consiguió

articular Pasqual, entre risas—. Mis padres no me tienen encerrado. ¡Soy yo quien no quiere salir!

No paraba de reír. Iría no podía adaptarse a la nueva situación, y trató de seguir el plan de operaciones.

—¡Pues claro que has de salir, Pasqual! El mundo de fuera es precioso. Tus padres no te lo han dejado conocer, pero cuando lo veas...

—¡Pues claro que lo conozco! —la corrigió Pasqual—. ¡Demasiado bien, lo conozco! Y lo he pasado tan mal fuera que no quiero volver allí.

—Pero... ¿te quieres quedar toda la vida en este sótano? —se horrorizó Iría.

—¿Y por qué no? Aquí estoy la mar de bien —se le veía completamente convencido de semejante tontería—. Mis padres me dicen muchas veces que salga, pero yo no quiero. Aquí estoy a mi aire y nadie se mete conmigo.

Este último argumento acabó de desarmar a Iría. Y como no sabía qué decir, recordó que había dejado las presentaciones a medias.

—Me llamo Iría —balbuceó.

—Es un nombre precioso. Encantado de conocerte, Iría.

No importaba que la situación fuese grotesca: Pasqual le estrechó la mano con perfecta cortesía.

—Tengo doce años —se le ocurrió decir a ella.

—¡Los mismos que yo! —se alegró Pasqual.

—Y voy a sexto...

Y calló de golpe cuando, sin pensarlo, estuvo a punto de preguntarle: «¿Y a qué clase vas tú?»

Pasqual tenía ganas de explicarse.

—Cuando era pequeño, mis padres intentaron llevarme a un colegio.

Lo intentaron, sí, pero en todas las escuelas se asustaban al verle. Los directores temían que los otros alumnos se diesen de baja, y se negaban a matricular a Pasqual.

Por lo tanto, tuvo que estudiar en casa. Su madre le había enseñado a leer y a escribir y le tomaba las lecciones.

Pero no se acababan aquí los problemas. Cuando salía a jugar al parque, los otros niños huían de él, le insultaban e incluso le tiraban piedras.

Los mismos adultos lo echaban. Las madres llamaban a la señora Berta para que se llevase aquel monstruo que podía hacer daño a sus hijos.

—No puedo salir a la calle. Nadie quiere verme —resumió el chico.

Palabra a palabra, las explicaciones de Pasqual habían hecho descubrir a Iría una tragedia insospechada. Ella había entrado allí dispuesta a poner al prisionero entre la gente normal, y resultaba que era la *gente normal* la que le había encerrado.

Iría repasó mentalmente todos los detalles del plan maravilloso que había elaborado para liberar a un pobre chico de unos padres malvados que lo tenían secuestrado, y se sintió tan ridícula que tuvo que despedirse de golpe.

—Tengo que irme —murmuró mientras volvía hacia la ventana.

—¿Volverás? —dijo a sus espaldas una voz ronca, cargada de soledad.

—Sí, sí... —contestó por cumplido, sin ningunas ganas de hacerlo.

Capitán la esperaba fuera. Como la aparición de Iría se salía de los planes previstos, no sabía si ladrar o mover la cola.

Lleno de dudas, siguió a la chica que corría de vuelta a casa.

7
De visita

Iría no tenía prisa alguna por volver a ver a Pasqual.

Le había prometido que volvería, por compromiso, pero pensaba que ya había dedicado bastante tiempo a un tío aburrido que no quería asomar la nariz de la cueva en que se había encerrado.

¿Dónde se ha visto que alguien se encierre en un sótano? ¿Tenía complejo de caracol, aquel chico?

Quizá ella había hecho el ridículo jugando a la Princesa Leia al rescate de los cautivos del Imperio Galáctico, pero lo había hecho para ayudar a una persona con dificultades. Pasqual, en cambio, se creaba él mismo las dificultades, encerrándose en una prisión en la que nadie le obligaba a estar.

¡Pues anda! ¡Como si tuviese pocas cosas divertidas que hacer en verano!

Tófol no había parado de decirle:

—¿Pero qué te pasa? ¿Se puede saber dónde te metes, que no vienes a jugar?

Se lo preguntaba Tófol, y todos los de la pandilla, que no entendían que durante las vacaciones se quedase en casa.

—Es que estaba muy cansada —se excusó el primer día que volvió con la panda.

Claro que no parecía demasiado cansada; más bien rebosaba de ganas de correr, jugar y saltar, como si quisiese recuperarse de la inmovilidad sufrida durante las larguísimas vigilancias de casa de los Peguera.

Tenía tantas ganas de juerga que aquel primer día ya dejó a sus amigos agotados.

—Yo ya no puedo más... —se quejó Rosa-Alba, cuando Iría propuso subir hasta el Telégrafo, la torre del tiempo de los moros.

Rosa-Alba era gordita y no corría mucho, pero incluso Tófol, todo un mocetón, se notaba las rodillas hechas fosfato tricálcico.

—¿Qué enfermedad es ésta que te deja tan cansada, Iría? ¡Podrías contagiármela por las fiestas, que quiero correr el maratón!

Iría les había llevado al bosque, como de costumbre. Les había hecho explorar los senderos del jabalí como si fuesen los rastros radiactivos de una expedición de robots galácticos. Les había hecho buscar los nidos de las ardillas por si había transmisores terroristas escondidos dentro. Los había atrincherado ante las madrigueras de los tejones, porque los apaches mescaleros se disfrazan a veces de tejones para pasar desapercibidos. Y, cuando ya los tenía destrozados, les proponía subir hasta el Telégrafo para averiguar si las tropas del Archiduque habían entrado en el Vallés.

Todo el tiempo, sin embargo, los había mantenido alejados de la masía Coll. Habían enfilado por el alto de Olleta para subir la sierra del Montcau y ascender por el de Mercader hasta la Coma de la Guilla, siempre lejos de casa de Iría y de los bosques cercanos, donde solían jugar otros años.

Y al día siguiente los hizo subir al Alto del Castillo, la montaña más alta de Montornés, y de vuelta por las viñas de Can Corbera hasta el campo de golf de Vallromanes, una buena caminata si se hace en menos de tres horas.

Iría los guiaba, y la pandilla se dejaba arrastrar sin quejarse. ¿No la habían echado de menos? ¡Pues ahí tenían Iría para dar y tomar!

Se inventó un juego de misterio. Un ser monstruoso se había instalado en Montornés y tenían que descubrir su guarida. Iría, que siempre había tenido mucha imaginación, lo describía como si lo hubiese visto:

—Tiene unos brazos larguísimos, y unas piernas que se doblan al revés, como las de las lagartijas, y en vez de dar pasos balancea

el cuerpo de una pierna a otra. Y la cara aún es peor: tiene un bulto que le tuerce la frente; y no tiene nariz, respira por dos agujeros que tiene en la piel. Y la boca está torcida, como si se la hubiesen estirado de lado con unas tenazas.

—¡Qué asco! —se quejaba Rosa-Alba, tan delicada como siempre—. ¿Cómo puedes inventar semejantes porquerías?

—Pues a mí no me daría miedo una bestia como ésa —galleaba Tófol—, porque este tipo de monstruos tiene muy poca agilidad, y yo me pondría detrás suyo de un salto, con un garrote, y le...

—...Y te morirías de miedo al verle —aseguraba Iría, que lo sabía mejor que nadie.

La historia del monstruo dio partido unos días, jugando siempre lejos de la masía Coll. Después, volvieron a los indios y a los terroristas galácticos.

Los adultos que trabajaban en las viñas los oían gritar por el bosque, y no podían evitar recordar sus propias proezas infantiles. En sus tiempos no había robots radiactivos en los bosques de Montornés, pero ya había apaches, y sobre todo piratas: el Capitán Blood, el Corsario Negro..., que vete a saber por qué ya no hacen películas tan majas como aquéllas.

La pandilla se reunía mañana y tarde. Sólo se separaban un rato a la hora de comer, y se volvían a encontrar con la boca aún roja de sandía.

Sólo por la noche, después de cenar, cuando el agotamiento dejaba a Iría rendida en una silla, en el porche de su casa, bajo las estrellas, volvía la vista por encima del cañaveral del torrente de las Viñas Viejas y recordaba a un amigo monstruoso que le había preguntado con ansia: «¿Volverás?»

Y entonces Iría sentía como un rescoldo quemándole el corazón, un chispazo como un escrúpulo, ardiente como un remordimiento.

—¡Es un chico tan extraño! —se justificaba.

Y no se refería tanto al aspecto físico como a la manía de querer vivir en un sótano.

Curiosamente, la cara de Pascual ya no le parecía extraña. A fuerza de recordarla se le había vuelto familiar. Incluso empezaba a ser capaz de leer en ella la expresión de sus sentimientos.

Pero no quería perder más tiempo con chicos extraños. Le faltaban horas para divertirse con los colegas.

Y lo decía a las claras, en voz alta:

—¡No tengo tiempo para perderlo con gente rara!

Y cuando ya llevaba una semana repitiéndose aquella frase cada noche, se dio cuenta de que tenía ganas de visitar a Pascual. No vivía tranquila sabiendo que, allí mismo, tan cerca, a menos de ochenta metros, unos ojos impacientes esperaban que una ventana se llenase con la cara de Iría.

Pero no lo comentó con ninguno de sus amigos. Le vino una de aquellas fatigas tan oportunas y, a media mañana, cruzó el torrente de las Viñas Viejas.

A aquella hora, el Sol de julio clavaba lanzas a quien se expusiese a sus rayos, y en el jardín de los Peguera sólo la hierba seca se movía. Las últimas de las flores que tanto habían cuidado los Fustanyá estaban marchitas, excepto una docena de caléndulas tozudas que recibían humedad de alguna fuente invisible.

Iría se acercó a la ventana del sótano, pero antes se demoró recordando las matas de flores que habían adornado el jardín: aquí habían estado los jazmines y, al lado mismo, los claveles de indias; las rosas místicas junto a la pared; justo en la esquina, una gloriosa extensión de margaritas.

Desde el otro lado de la ventana, una extraña cara la miraba en silencio. Y una enorme sonrisa esperaba, sin prisas, que Iría acabase de recordar las flores.

La chica se sobresaltó, casi como había hecho unas semanas antes, cuando vio por vez primera aquel rostro inhumano.

Pero ahora no tenía miedo, sino que la mirada de Pasqual le había hecho olvidar las flores, la excusa con que retrasaba el momento de llamar a la ventana.

Ya no hacía falta llamar. Iría se agachó y Pasqual le abrió con tantos problemas como siempre.

—Ho-hola —empezó él, incapaz de continuar en silencio, mientras ella entraba.

—Hola, Pasqual. Te he venido... Vaya, que pasaba por aquí y... —vaya momento para ser tímida.

—Pasabas por aquí —aceptó Pasqual, como si el jardín fuese la calle mayor de Montornés.

—¿Y no sales a tomar el sol? —añadió ella, por decir algo.

Pasqual no contestó. Respiraba ansiosamente.

—Creía que no volverías más —confesó, con toda la angustia que había quedado en el aire cuando se despidió de ella la otra vez.

—¡Qué tontería! ¿Por qué no iba a volver? —divagó Iría—. Lo que pasa es que he estado cansada..., quiero decir, ocupada. Eso mismo: muy ocupada.

La verdad era que, ahora que miraba a Pasqual de cerca, lo volvía a encontrar horroroso: aquella nariz imposible, aquellas mejillas fuera de lugar... Pero ya no era un horror que la asustase. Ahora podía estar con él tranquilamente, hablando de cualquier tema.

—No he explicado a mis padres la visita que me hiciste —le confió Pascual—. Habrían empezado a hacerme preguntas sobre lo que me dijiste, y lo que yo hice, y por qué te fuiste, y habría sido demasiado rollo. Siempre me hacen muchas preguntas sobre todo lo que les explico.

Y Pasqual suspiró de la misma forma que

suspiraban todos los de la pandilla cuando hablaban de sus padres.

—No hace falta que se lo expliques, entonces. Así ya está bien —aprobó Iría.

Ahora se reían como dos cómplices.

—¿A qué juegas aquí dentro?

—Tengo juegos —aclaró él.

Un momento después, los dos estaban en la habitación. Pascual tenía un montón de juegos, pero todos eran de jugar solo. No tenía ni uno solo de grupo.

—¿No tienes el *Monopoly*? —se extrañó Iría—. ¿Ni el *Pictionary*?

—¿El qué?

—El *Pictionary*. ¿No tienes ni una baraja de cartas?

—Mis padres juegan a cartas, alguna vez, arriba. Pero nunca conmigo, porque los tres juntos no cabemos en la habitación.

Tenía razón. La habitación tenía la medida justa para que Pasqual se pudiese mover con comodidad. La cama ocupaba la pared maestra, un armario llenaba el espacio de un tabique y la mesa escritorio se llevaba buena parte del otro. Una lámpara en el techo, un televisor pequeño sobre una mesilla con ruedas y eso era todo. Y una silla, una sola, junto a la mesa.

—¡No puede ser que no conozcas estos juegos! ¿Y el *Trivial*?

—No... —empezó Pascual.

—¡Pues espera un momento! ¡No te muevas! —le dijo Iría mientras trepaba a la ventana.

Antes de cinco minutos ya estaba de vuelta con una caja de color verde oscuro con letras inglesas doradas.

—Son preguntas sencillas... —empezó a explicar mientras extendía el tablero sobre la mesa, colocaba las fichas y destapaba la cajita de las preguntas.

—Espera, espera, que retiro los libros —la detuvo Pasqual, mientras los empezaba a coger para amontonarlos sobre la cama.

—...Pero el tema va cambiando cada vez, ¿ves?, según te indica el color de la casilla. Fíjate en los dados... —continuaba animadísima.

Pasqual no podía fijarse en nada, de tan aturdido como le tenía, pero aun así aprendió en seguida a jugar.

Resultó ser un jugador de *Trivial* formidable. Iría estaba admirada de que conociese tantas cosas. De deportes, por ejemplo, sabía un montón, él que nunca andaba más de quince metros seguidos.

—Es que veo todos los partidos de la tele. Me gustan mucho. Y también los grandes premios de Fórmula 1, y los de motos...

Tanto le gustaban que estaba ganando la partida. Iría miraba sorprendida el gesto que hacía con la mano para tirar los dados.

Pasqual se llevó de calle las dos primeras partidas. Perdió la tercera, pero Iría se quedó con la sospecha de que se había dejado ganar para darle coba. Recogió el juego algo chasqueada.

—¿No tienes más juegos? —preguntó Pasqual al acabar.

—¡Uf, sí, la tira! —se volvió a animar Iría—. Mañana te traeré otro. El *Pictionary* no, porque hacen falta cuatro personas, pero tengo el *Cluedo,* que es de detectives, y el *Monopoly*, y uno de guerras que se llama *Risk.*

Probablemente aquella risa áspera, gruesa, habría asustado a cualquier niño de Montornés, pero Iría, que ya iba conociendo a su amigo, sabía que era de pura felicidad.

8
Salir o no salir

Para Pasqual, Capitán fue un descubrimiento aún más sensacional que los juegos de mesa.

—¿Muerde? —señaló el morro blanco y negro que no se separaba de la ventana, con ganas y con miedo de tocarlo.

—¿Morder, Capitán? —negó Iría—. ¡Sólo cuando yo se lo mando!

Como para demostrarlo, subió a las butacas, cogió en brazos al perro y lo bajó al suelo del sótano.

Pasqual retrocedió un paso instintivamente, lo que hizo reír a Iría, porque el animal era inofensivo y porque el gesto del chico se parecía al que ella misma había hecho la primera vez que habló con él.

Iría se había arrodillado al lado del perro.

—Venga, Capitán, saluda. ¡Dale la pata a este chico!

Pasqual había ofrecido la mano y la había retirado, dominado por la aprensión. Pero Capitán agachó la cabeza para mirarlo con ojos confiados y Pasqual no pudo resistir el gesto. Cuando el perro le ofreció la pata, el chico se la estrechó con la seriedad de un embajador que presenta sus credenciales ante Su Majestad Imperial.

—¡Ho-hola, Capitán!

El perro contestó con un guau de alegría, y el salto hacia atrás de Pascual le dejó sentado en la butaca; antes de que pudiese recuperarse, ya tenía al perro encima, lamiéndole la cara.

—¡Eh...! ¡Eh...! —iba diciendo, a punto de pedir ayuda.

Pero en vez de gritar pasó la mano sobre el lomo de Capitán.

—¡Bonito! ¡Perro bonito! —le dijo finalmente, con la voz ronca, mientras le acariciaba.

Era el primer animal que tocaba. Los había visto a través de las ventanas: gatos, perros, pájaros y caballos, pero a distancia, como un deseo imposible, sin poder jamás arrullarlos.

Ahora acariciaba el lomo del perro con un sentimiento de incredulidad, como si fuese un milagro que uno de aquellos seres maravillosos hubiese venido a su lado.

—¡Aquí, Capitán! —llamó Iría desde el otro extremo del sótano, y el perro acudió corriendo a la llamada.

—¡Aquí, Capitán! —llamó Pasqual, nada seguro de que le fuera a hacer caso; pero el perro corrió inmediatamente hacia él.

El salto de Capitán para ponerle las patas encima cogió a Pasqual desprevenido. Vaciló con pasos torpes para evitarlo, pero el perro, convencido de que era un juego, repetía el intento, saltando tras el chico, que no tenía bastante agilidad para esquivarlo.

Iría reía y reía por su poca habilidad. Y Pasqual, que al principio se había alarmado con los saltos de Capitán, se tranquilizó al oírla y se rió también, tan feliz como ella.

Los juegos con Capitán ocuparon buena parte de las visitas de Iría. Pasqual lo provocaba, con los brazos extendidos, animándole a morderle las mangas. El perro brincaba como un saltamontes y Pasqual se reía entusiasmado como una criatura.

Cuando se cansaban de jugar, Pasqual e Iría se sentaban en la cama y se ponían a charlar durante horas. Pasqual tenía un montón de preguntas sobre los amigos de Iría, sobre la escuela del pueblo, sobre los vecinos de Montornés, sobre todas las cosas...

Iría le hablaba de todo. Y especialmente de Tófol y de la pandilla. Las aventuras que corrían por el bosque ponían chiribitas en los ojos de Pasqual, él, que se movía con tanta dificultad.

—¿Y de verdad os subís a los árboles?

—preguntaba impresionado—. ¿Y no os hacéis daño?

—¡Uf, los árboles! —lo desdeñaba Iría—. No hay tronco que se me resista, por liso que sea. ¡Ni Tófol es capaz de subir tan deprisa como yo por el tronco de un árbol!

—¿Y si te caes? —apuntaba él prudente.

—¿Caerme yo de un árbol? —resoplaba Iría, como si Pasqual hubiese hablado de círculos cuadrados.

Por la noche, en su habitación, Iría recordaba los ojos llenos de emoción de su amigo, y se daba cuenta de que aquellas historias que ella le explicaba se habían convertido en una parte muy importante de la vida de Pasqual.

—Eso es porque nunca ha tratado con chicos de su edad —reflexionaba—. Y ahora, con lo que le explico, es como si descubriese el mundo.

Pero no era sólo el descubrimiento del mundo exterior. Más que las historias de la pandilla, lo que fascinaba a Pasqual era el entusiasmo con el que Iría las explicaba: la pasión por la aventura que vibraba en cada palabra; el escalofrío por los peligros que reflejaba su rostro; la simpatía, la rabia o el menosprecio con el que juzgaba las reacciones de sus compañeros. Pasqual estaba conociendo en profundidad los sentimientos de los demás.

Había leído un montón de aventuras infantiles en los libros que le compraban sus padres, pero ninguna de ellas estaba escrita con aquella cálida expresividad, ni estaba tan llena de gritos, comentarios exaltados, exclamaciones, incluso insultos y palabrotas.

Pasqual era un miembro más de la pandilla, que vivía las aventuras con unas horas de retraso. Se apasionaba con Iría, tenía miedo cuando ella lo tenía y se enfadaba como ella con las tonterías que podían hacer los otros.

Los dos discutían interminablemente qué

habría sido mejor hacer en tal situación o tal otra. Iría defendía las opciones más atrevidas, que asustaban a Pasqual, quien sugería entonces salidas más prudentes. Y al final se ponían de acuerdo como si realmente necesitasen tomar una decisión para seguir jugando.

La audacia de Iría llevaba a Pasqual a tomar decisiones que antes nunca hubiera tomado, y las reflexiones del chico la obligaban a ella a refrenar su impulsividad.

Así, llegó un momento en que Iría disfrutaba tanto explicando las aventuras como viviéndolas. Por eso, combinaba los días que salía con la pandilla con los que visitaba al extraño vecino de quien se había hecho amiga.

Siempre que iba a visitarle, encontraba a Pasqual junto a la ventana, esperándola, como si ya no tuviese otro pasatiempo, como si hubiese olvidado todos sus entretenimientos de antes.

Ese interés se llegó a convertir para Iría en un motivo de preocupación. Cuando salía con la pandilla, se acordaba muchas veces de Pasqual, que aquel día la esperaría en vano.

—¿Y qué quiere que haga? Si no salgo, no tendré historias que explicarle —se justificaba—. ¡Y además, no soy su niñera!

Sin embargo, estas excusas no acallaban una especie de mala conciencia que a cada momento le hacía pensar en la espera del chico.

No había hablado de Pasqual a la pandilla, porque temía la reacción de los otros cuando supiesen que tenía un monstruo en la casa de al lado. Muchas veces pensaba que sería bonito hablarles de él de la misma manera que le hablaba a Pasqual de ellos, pero nunca se decidía a hacerlo.

Claro que, por su parte, Pasqual tampoco le había presentado a sus padres. Iría aún entraba a escondidas en casa de los Peguera, como cuando los espiaba, y no se acercaba a la ventana del sótano sin haber comprobado antes que la señora Berta no miraba hacia el jardín.

Un día lo comentó con Pasqual.

—Me extraña que tus padres no nos oigan, con el ruido que llegamos a hacer.

—¡Pues claro que nos oyen! —contestó él—. ¡Si pegas unos gritos que deben de oírse desde la montaña de Montmeló!

Iría se quedó helada. Recordó la última vez que la señora Berta la echó a gritos del jardín, y se la imaginó entrando ahora en el sótano, escoba en mano, a echarla de allí.

—Y..., ¿cómo es que no dicen nada, si saben que entro en el sótano por la ventana?

—¿Y yo qué sé? Supongo que les alegra que tenga una amiga.

—¿Y tú no les has comentado nada?

—No.

Iría se quedó callada, considerando la situación.. Ahora que lo pensaba, comprendía que los padres de Pasqual por fuerza tenían que estar enterados de sus visitas. Nunca habían reprimido los gritos y las risas, y Capitán no había parado de ladrar como un loco siempre que jugaba con Pasqual.

—Pues tendríamos que decirles algo..., ¿no te parece? —propuso llena de dudas—. No está nada bien esto de actuar como si nos escondiésemos de ellos.

—Ah, pues muy bien —acordó Pasqual con toda la tranquilidad del mundo—. Ahora estarán los dos arriba. Vamos.

Se encaminó arrastrando los pies hacia la escalera de caracol, seguido por una Iría nada convencida de lo que ella misma había propuesto.

Una vez arriba, Pasqual empujó la trampilla de madera y salieron al recibidor trasero de la casa. Iría recordaba la distribución interior de cuando iba a jugar con los chicos Fustanyá, pero encontró las cosas muy cambiadas.

La casa estaba más arreglada que antes,

con cuadros en las paredes y tapetes de ganchillo sobre los muebles; quedaba poco del aire moderno de antes. La casa de los Fustanyá estaba pensada a la medida de los niños. Ahora, con los Peguera, estaba pensada para gente mayor.

—¿Pasqual...? —la señora Berta había oído los pasos desde la cocina.

—Mira, mamá —la presentó él, entrando—. Ésta es Iría. Es nuestra vecina, y viene a jugar conmigo.

—Ho-hola, señora Peguera —saludó la chica cohibida.

—Vaya, Iría, la visitadora más silenciosa del sudeste del Vallés... —bromeó la señora Berta.

Iría se rió por cumplido, pero se sentía como si le clavasen agujas en las rodillas.

—¿Jugáis bien mi hijo y tú?

—Sí... Sí, señora, muy bien.

—No está acostumbrado a jugar con otros niños...

—Nos lo pasamos muy bien —confirmó Iría.

—¡Es fantástico! —intervino Pasqual entusiasmado—. ¡Iría tiene un perro que se llama Capitán y que es una *flipada*!

—Sí, ya lo he visto por el jardín... —confirmó su madre, recordando los parterres escarbados.

La señora Berta hablaba con amabilidad, pero Iría tuvo la sensación de que lo hacía por compromiso. Sospechaba que su presencia allí no le hacía la más mínima gracia.

También el señor Genís la saludó amablemente. Estaba sentado en el sofá, ante el televisor, y ya no parecía el sargento malcarado que vigila la presencia de intrusos en el jardín. Iría se sintió avergonzada por haberlo considerado tan antipático.

—¿Tienes muchos otros amigos, Iría? —le preguntó el padre de Pasqual.

—Sí, claro...

—¿Y sabes qué hacen, papá? —saltó Pasqual con entusiasmo—. Se pasan el día explorando la montaña, y descubriendo madrigueras de animales. Y se suben a los árboles. ¡Iría sabe subirse a cualquier árbol, por muy liso que tenga el tronco!

—¿Y les hablas a tus amigos de Pasqual? —se interesó la señora Berta.

—Pues..., hasta ahora no... —Iría quería disculparse—. Hablamos de tantas cosas que...

—Mejor así —advirtió la madre—. No todos los chicos saben entender... —y de nuevo pareció como si una sombra le oscureciera las palabras.

Con o sin sombras, a partir de aquel día Iría no volvió a abrir la ventana del sótano. Llamaba educadamente a la puerta y la señora Berta la hacía entrar, con una sonrisa que Iría siempre encontraba poco natural.

—Me parece que a tu madre no le gusta mucho que te venga a visitar —le confió una tarde a Pasqual.

—¡Pues claro que le gusta! —la defendió él con pasión, pero inmediatamente se contradijo sin percatarse—. No hagas mucho caso a mi madre: a veces tiene manías raras.

—No le gusta —concluyó Iría.

Pasqual estaba como si se hubiera sentado sobre agujas.

—Es que tiene miedo de que... Pero tú no le hagas caso. Ven a jugar siempre que quieras. ¡Cuanto más, mejor!

—¿De qué tiene miedo tu madre?

La cara monstruosa se contrajo en una mueca de dolor.

—De nada, de nada... —intentó negar aún, antes de ceder y confiarse—. Es por culpa de unos amigos que tenía, en donde vivíamos antes. Sólo querían jugar conmigo para reírse de mí... No eran como tú.

—¿Se reían de ti? —Iría ya no recordaba la repulsión que había sentido los primeros días.

—Ya ves que soy un poco raro...

Sentado sobre la cama, el cuerpo de Pasqual parecía una bola sin forma, de la que sólo salían dos brazos doblados en ángulos extraños.

—No importa que seas raro —lo defendió Iría—. ¡Nadie tiene derecho a reírse de otro!

—Tú misma, la primera vez que me viste, me tuviste miedo —le recordó el chico con tristeza.

Iría no se atrevió a negarlo.

—Bueno, pero en seguida me he acostumbrado, ¿no?

—Tú sí, porque eres buena persona. Pero hay mucha gente que no se acostumbra a mi aspecto.

Iría se rebeló.

—¿Y qué has de hacer, entonces? ¿Pasarte la vida escondido?

—Pues ya lo ves. Me hizo mucho daño saber que aquellos amigos sólo querían burlarse de mí.

El dolor que había en la voz de Pasqual decidió aún más a Iría.

—Porque aquéllos eran unos sinvergüenzas. Si yo me he acostumbrado a ti, la mayoría de la gente lo hará.

—No. La mayoría no se acostumbra. ¡Y yo no quiero volver a pasar por aquel disgusto!

Pasqual había subido el tono de voz, angustiado, pero Iría estaba cada vez más convencida.

—No puedes vivir siempre enterrado en este sótano —gritó aún más fuerte que el chico—. ¡Has de salir a la calle y llevar una vida normal!

—¡No! ¡No quiero salir de aquí! ¡Vete! ¡Vete, Iría, no quiero verte! ¡Vete!

La cara se le había congestionado de una manera espantosa. Los brazos se movían con convulsiones, como si quisiesen arañarle la cara. Iría volvió a sentir un miedo parecido al de los primeros días, cuando creía que Pasqual era un monstruo dispuesto a agredirla, y huyó escaleras arriba.

Mientras salía, sólo advirtió la cara llena de reproches de la señora Berta.

9
Las tres historias

El miedo le duró el tiempo de llegar corriendo a su casa. Una vez en su habitación, Iría se dio cuenta de que Pasqual no había querido hacerle daño. Sólo se había puesto nervioso porque ella trataba de forzarlo a hacer lo que él más temía.

El miedo de Pasqual era fácil de entender. Una persona tan necesitada de compañía como él tenía por fuerza que poner una esperanza inmensa en los pocos amigos que se le acercaran, había de considerar a un amigo como el mayor de los tesoros. Y si un amigo le fallaba, su desesperación no tendría límites.

Era natural que el pobre chico no quisiera correr el riesgo de volver a pasar por una situación así.

Iría se ruborizó recordando la larga lista de compañeros de escuela con quien se había peleado. También había sufrido algún desengaño.

Pero eso no era comparable con lo que habría sentido Pasqual. Ella tenía centenares de personas alrededor con quien hacer amistad, pero Pasqual no podía sustituir un amigo perdido.

Eso la llevó a pensar que, si un día se cansaba de visitar a aquel chico, como había hecho con otros sin darle importancia, Pasqual lo viviría como una gran tragedia.

Esa idea la asustó. Aquella relación, que había empezado de forma casual, se había convertido en una responsabilidad que no podía eludir.

Su padre decía siempre algo parecido.

—Se te vienen encima responsabilidades que no te has buscado, pero una vez las tienes delante has de cargar con ellas. ¡Qué le vas a hacer!

Quizá no se daría el caso. De momento pasaba el rato muy a gusto jugando con Pasqual, pero no estaba segura de querer cargar toda la vida con aquella obligación.

Y al llegar a este punto, Iría se sintió avergonzada. Tal vez no quería lo suficiente a sus amigos. Pasqual le ofrecía una amistad más intensa de lo que ella podía aceptar. ¿Es que era tan incapaz de amar que la asustaba un exceso de amor de sus amigos? ¡Aguanta!

Pero su padre también repetía: «Los excesos perjudican». ¿Era malo, pues, que la quisiesen demasiado? Iría no encontraba respuesta a las preguntas que ella misma se formulaba. Lo único que sabía con seguridad era que no quería volver a defraudar la confianza de Pasqual.

Estaba decidida a ser una buena amiga para él, y la mejor prueba de ello era que intentaría sacarle de aquel sótano en que el miedo le había enterrado.

Demostraría a Pasqual que había muchos chicos de su edad dispuestos a ser sus amigos igual que lo era ella, e insistiría hasta hacerle superar el miedo a convivir con los demás como una persona normal.

Y entonces Pasqual ya no dependería tan exclusivamente de ella, y se resolvería aquel lazo personal que tanto la asustaba.

Iría tenía previsto salir con la pandilla a la mañana siguiente, pero a las diez en punto ya llamaba a la puerta de los Peguera.

La cara de la señora Berta se oscureció con sólo verla. Aquella vez no eran imaginaciones, ni sospechas, ni sombras: era un rechazo evidente a su presencia. La madre se había enterado de la discusión del día anterior con Pasqual.

—Buenos días. ¿Puedo pasar...? —preguntó encogida pero con decisión.

—Ayer Pasqual y tú os peleasteis, ¿verdad?

—No, pelearnos no... Hablamos de cuatro...

—Pasqual se ha pasado la noche sin dormir, y tiene los ojos hinchados de haber llorado... —los ojos de la señora Berta se habían convertido en dos líneas acusadoras.

—No nos peleamos...

En realidad, sólo habían tenido una diferencia de opiniones.

—¿Ya sabes que puedes hacerle mucho daño a mi hijo? —la voz era dura como la de un fiscal.

—Yo no quiero hacerle daño... —Iría no sabía cómo defenderse.

—¿Sabes por qué vinimos a Montornés? ¡Nos tuvimos que marchar del otro pueblo porque a Pasqual le hacían la vida imposible! ¿Tan difícil es que entiendas los problemas de un chico como él?

Iría sentía unas ganas inmensas de salir corriendo, pero no quería abandonar a su amigo.

—Pero si no... —intentó justificar no sabía qué.

—Anda, pasa —concedió finalmente la señora Berta—. Vete a jugar con él, pero acuérdate del daño que puedes hacerle... Mi hijo no es un chico normal...

La severidad se rompió con un sollozo, e Iría, asustada, corrió hacia las escaleras del sótano.

Pasqual estaba sentado en la única silla de su habitación. Ni siquiera la miró.

Estaba hecho un desastre. Tenía los ojos de haber llorado, en efecto, y la cara estirada de no haber dormido, y seguramente acababa de escuchar la conversación entre su madre e Iría.

Ninguno de los dos tenía ganas de hablar. Iría se sentó en la cama en silencio al lado de su amigo.

Sin embargo, parecía que su presencia animaba algo a Pasqual. Después de un largo rato de mutismo en compañía, el chico se decidió finalmente a compartir sus recuerdos.

—En el otro pueblo tenía tres amigos. Eran más pequeños que yo, porque los de mi edad no querían saber nada de mí, pero daba igual porque con ellos me lo pasaba *pipa*. Venían por las tardes a jugar a casa, y mi madre estaba tan contenta que les preparaba unas meriendas que parecían banquetes. Un día, a uno de ellos se le cayeron unos papeles que llevaba en el bolsillo. Me había dibujado una caricatura deformándome la figura. Y me había puesto un nombre: «Pasqual, el monstruo inmundo».

Iría lo escuchaba con el corazón oprimido.

—Hacían circular aquellos dibujos por el colegio y por el pueblo, y explicaban de mí todo tipo de disparates. Sólo venían a casa a hartarse de comer y a encontrar más temas de burla.

Iría no se atrevía a romper con palabras el dolor que llenaba la pequeña habitación.

—¡Si me hubiesen matado no me habrían hecho tanto daño! Antes de conocerlos yo vivía tranquilo, solo, pero cuando tuve amigos me pareció que había descubierto lo más bonito del mundo. Y entonces, cuando supe que sólo venían para...

De repente se giró hacia Iría, la cogió por los hombros y le preguntó como si le pidiese la vida:

—¿Soy un monstruo? ¿Soy realmente tan espantoso?

—No, no... —negó Iría, sobrecogida, pero en seguida cambió de actitud—. Sí, Pasqual: eres un monstruo. Tienes la cara de un monstruo, y así es como te ven todos.

—Pero tú, Iría..., ¿tú también me ves así?

—Sí. Yo también te veo como un monstruo. Eso es lo que eres, Pasqual —y apoyó en su hombro una mano afectuosa.

Pasqual lloraba, y continuó llorando un buen rato. Era un llanto abandonado, que hacía correr el sufrimiento como un río. Iría observaba cada lágrima preguntándose si mostraría a Pasqual el camino de salida.

Ella no podía hacerlo. Tenía que ser él mismo quien lo descubriese, sus lágrimas mismas las que se lo mostrasen.

Y cuando ya no le quedó ninguna lágrima, cuando su pecho dejó de ahogarse, Pasqual retomó el hilo de sus recuerdos.

—Teníamos una vecina que empezó a protestar porque había un monstruo en el barrio. Hizo correr rumores de que yo era un animal salvaje, que me tenían que encadenar, que si alguna vez me escapaba podía devorar a los bebés del vecindario...

Pasqual levantó la vista del suelo, pero no miraba a Iría, sino a un punto indefinido del póster que adornaba la pared.

—¿Qué le había hecho yo a aquella mujer para que inventase tantas mentiras? No la conocía de nada, nunca había hablado con ella. Sólo me había visto un día tomando el sol en el balcón.

Volvía a llorar, pero ahora las lágrimas no le hacían callar.

—No paró hasta que consiguió que se formase una comisión para expulsarnos del pueblo. Fueron al Ayuntamiento a pedirlo, con unas pancartas que decían: «No queremos vivir en peligro» y «Salvemos a nuestros hijos del monstruo».

La mano de Iría cogió con más fuerza el hombro de su amigo. Con eso bastaba. Ya le decía lo que necesitaba oír.

—Eran ellos los que se volvían peligrosos, y cada día más. Se manifestaban delante de casa, y cada vez gritaban cosas más espantosas. Parecía un concurso de barbaridades, a ver quién la decía más gorda. Para ellos era como un juego: se divertían insultando, y mis padres y yo los escuchábamos muertos de miedo, con puertas y ventanas atrancadas.

Esta vez no se atrevió a repetir aquellos insultos que aún le sonaban en los oídos. Aún le dolían demasiado.

—Después empezaron a tirar piedras. Los gamberros del barrio se acercaban de noche a rompernos cristales y a pintarnos en las puertas y las paredes los mismos insultos que sus padres gritaban de día.

Iría ya no aguantaba callada.

—¿Y cómo es que no avisasteis a la policía para que os protegiese?

—Ésa es la tercera historia. Mi padre fue a quejarse al alcalde. Y cuando entró en el Ayuntamiento, la recepcionista lo anunció con toda naturalidad diciendo: «Está aquí el padre del monstruo», sin darse cuenta de la grosería. Y el alcalde no hizo más que preguntar si realmente era yo tan peligroso, si atacaba a la gente con frecuencia, si ya me tenían bien atado, si habían intentado meterme en un manicomio... ¡Prácticamente acusaba a mi padre de ser él quien alteraba el orden público!

—¿Tu padre?

—Claro: había cometido el delito de tener

un hijo monstruoso. Por lo tanto, tenía la culpa de todo lo que pasaba. Aquella entrevista derrotó a mi padre mucho más que los insultos, las manifestaciones o las piedras.

La tercera historia era tan terrible como las anteriores, pero la actitud de Pasqual había cambiado. Ya no lloraba. Los sollozos habían desaparecido y las palabras habían ganado firmeza.

Ya no le dominaba el dolor del recuerdo. Su cara mostraba ahora una confusión de emociones: había rabia, y ganas de gritar, y otra vez miedo, y dolor, y de nuevo rabia. Fue como una tormenta de vientos cambiantes, violentos, salvajes, contradictorios.

Cuando la tormenta amainó, Pasqual miró a Iría a los ojos.

—¿Se puede querer a un monstruo? —preguntó de sopetón.

Iría volvió a apretarle el hombro.

—¿No lo ves?

Pasqual esperó a estar seguro de haber

entendido todo lo que Iría había querido decir, y soltó una carcajada que era algo amarga, y algo agradecida, y algo dolorosa, y algo victoriosa.

Iría entendió entonces que su amigo había encontrado la puerta de salida. Se separó de él y se puso a bailar al son de una música maravillosa que sólo ella oía.

10
A la luz del Sol

Cuando Iría volvió a hablar de presentarle a sus amigos, Pasqual no se negó de entrada, pero tampoco tenía ninguna prisa. Le daba miedo conocer gente nueva, le daba miedo sufrir nuevos desengaños.

Iría estuvo maquinando tres o cuatrocientas estrategias para hacer que se decidiese, tal como había hecho cuando planeaba liberarlo de unos padres secuestradores. Finalmente decidió hacer las cosas paso a paso.

—Acabarás mohoso, aquí en el sótano. Tendrías que salir a que te diese el aire —empezó a decirle.

—No me apetece salir.

—Hueles a seta. Cualquier día te empezarán a crecer champiñones por todas partes.

Pasqual se reía, pero miraba con interés por la ventana cada vez que Iría decía:

—¡Qué sol más guapo hace hoy!

Y un día que realmente lucía un sol espléndido, Iría vino en bañador y se quedó fuera, sobre la hierba del jardín.

—¡Mírame, Pasqual! ¡Me estoy poniendo morena! —le dijo para darle envidia.

Pasqual tenía ganas de jugar, y se aburría de verla hacer la lagartija desde la ventana del sótano.

—¿Piensas quedarte ahí toda la mañana?

—Se está tan bien... —estiraba perezosamente los brazos.

—¡Pues menudo rollo, estar al sol sin hacer nada!

—¿No sabes que es muy sano?

—¡Anda, ven a jugar!

—Eres tú quien tendrías que venir a tomar el sol.

Pasqual se encerró en la habitación haciéndose el ofendido, pero antes de diez minutos ya volvía a estar en la ventana.

—No quiero salir fuera. Ya sabes por qué.

—¡Estarías tan a gustito, tomando el sol! —continuó, sin darse por enterada.

—Iría, si salgo, alguien me puede ver. ¡No quiero que me vea ningún vecino! —la voz de Pasqual era casi una súplica.

Iría levantó la cabeza y usó las manos como un capitán de submarino cogiendo el periscopio.

—¡Ningún vecino a la vista! —cantó—. ¿Crees que los vecinos no tienen nada mejor que hacer que espiarte?

—¿Seguro que nadie mira? —preguntó Pasqual indeciso.

Era la primera brecha en la fortaleza. Iría redobló la ofensiva.

—Si te pusieses aquí, junto a la pared, quedarías a cubierto. No te vería ni un gato que pasase por la calle.

—¿Dónde quieres decir? —la muralla se derrumbaba.

—Aquí, hombre, a mi lado. ¿Por qué no te asomas un momento por la puerta y lo miras?

Hubo un silencio interminable al otro lado de la ventana. Después, se oyeron pasos que se arrastraban escaleras arriba. El corazón de Iría palpitaba como una máquina de tren.

La puerta de la casa se abrió un par de centímetros. Un ojo ansioso miraba desde el interior.

—¿Dónde? —volvió a preguntar Pasqual.

Iría se incorporó para señalárselo.

—Mira, aquí, al lado de la pared. Si te pones aquí, nadie te podrá ver.

La puerta se abrió dos centímetros más.

—¿Estás segura? ¿No hay nadie mirando?

—Pues sí. Doscientas mil personas, catorce canarios y dieciséis camellos —advirtió Iría.

—¿Cómo..., cómo dices? —se asustó la voz.

Iría soltó una carcajada.

—Venga, hombre, no lo pienses más, que esto está más solitario que el desierto del Teneré.

La puerta se acabó de abrir y un abuelete vestido con gabardina, sombrero y gafas de sol salió al jardín. El montón de ropa disimulaba la forma del cuerpo, sí, pero al mismo tiempo no permitía que el sol tocase ni un palmo de piel.

Iría se tronchaba de risa.

—¡Mira! ¡El Fantasma de la Ópera! —pero palmeó el suelo a su lado, con camaradería—. Ven, ponte aquí. Aquí no pueden vernos.

Pasqual llegó hasta ella de una carrera y se dejó caer a su lado. Hasta que no hubo mirado en todas direcciones no respiró tranquilo.

—No me digas que no se está bien, sentado al sol.

—Sí que se está bien... —reconoció Pasqual.

Se estaba asando bajo aquel almacén de ropa, pero la alegría de estar al aire libre le animaba, y empezó a estirar brazos y piernas con descuidada pereza.

Cuando llevaban diez minutos así, Iría le llamó la atención.

—Me parece que por hoy ya hay bastante. Llevas tanto tiempo encerrado que el sol podría quemarte la piel.

Por poca piel que tuviese expuesta a sol, el consejo era prudente, y los dos entraron en la casa.

—Mamá, he encontrado un sitio donde puedo tomar el sol sin que nadie me vea —explicó Pasqual, entrando entusiasmado en la cocina.

—Muy bien: a ver si así te coge un poco de color —aprobó la señora Berta, pero había mucha reticencia en la mirada que dedicó a Iría.

Salir a tomar el sol se convirtió pronto en una costumbre. Y, cada vez, Iría tenía que comprobar que no hubiese nadie mirando.

—No pasa ni una mosca: puedes salir —pregonaba, y el *Hombre de la Gabardina* corría hasta el rincón resguardado.

—¡En agosto y tan abrigado vas a coger el sarampión! —le decía Iría para animarle a que se quitara algo de ropa.

Y lentamente, muy lentamente, lo fue consiguiendo. Al principio sólo se arremangaba las perneras de los pantalones hasta las rodillas.

—¡Huy, qué blanquito...! —se estremecía Iría—. ¡Como una jarra de leche pintada de cal!

—Ya me hacía falta, ya... —reconocía Pasqual.

Y, de repente, se levantaba de un salto.

—¿Hay bestias entre la hierba? —se asustaba.

—¿Bestias?

—Sí, ya sabes, hormigas y bestias de ésas...
—Hombre, alguno habrá: hormigas, mariquitas, moscas, mariposas, orugas, ciempiés, chinches, arañas, pulgones, caracoles, babosas...

Se calló al ver la cara de susto de Pasqual.
—Venga, hombre, ¡que no hacen nada esos bichitos!
—Nunca he tocado ninguno...
—Eso es lo que tú te crees —e Iría señaló una hormiga que subía por la pierna hacia la rodilla de Pasqual.
—¡Aaaaah! —gritó él, mientras se la sacudía de un manotazo.
—Pues te tendrás que ir acostumbrando —ordenó Iría, *la Implacable*—. Cuando uno vive en el campo, ha de estar acostumbrado a los bichos.

Buscó otra hormiga y la depositó con delicadeza sobre la pierna de Pasqual, que temblaba.
—¿Ves como no hace nada? —le anima-

ba—. ¡Una hormiga no hace nada! Venga, dile cositas, que las hormigas son muy sensibles.

Pasqual miraba con ojos como platos cómo el insecto avanzaba sobre su piel, pero resistió heroicamente la tentación de quitárselo de encima. Después de un rato, acercó un dedo miedoso al animal.

La hormiga olió el dedo de Pasqual y acabó otorgándole su confianza. Se subió por él. Pasqual levantó la mano con la hormiga, sin saber demasiado si debía mostrarse divertido o asustado.

—Súper, tío —concedió Iría.

—¿Crees que ya me conoce? —preguntó Pasqual, *el Solitario*.

Le costó mucho más decidirse a quitarse el resto de la ropa. La gabardina cayó al cabo de una semana. Pasqual se había puesto debajo pantalón corto y camiseta sin mangas. Aquel día no aguantó ni cinco minutos a pleno sol con aquella piel de recién nacido.

Y aquella noche, Iría reflexionó sobre la inquietud excesiva que le había producido ver el cuerpo deforme de Pasqual. Incluso ahora, que estaba tan acostumbrada al aspecto de su amigo, había sentido un estremecimiento.

Y se dijo lo mismo que le había dicho a Pasqual: su amigo era un monstruo, y no arreglaba nada negarlo. Tenía un cuerpo monstruoso y, si quería ser su amiga, tenía que ser amiga de su cuerpo monstruoso.

Tres días después voló la camiseta. Pasqual quedó en bañador, y tan feliz que incluso se atrevía a jugar con Capitán sobre la hierba. De vez en cuando aún echaba ojeadas nerviosas a la calle, con miedo de que alguien le viese, pero la vigilancia ya no era tan obsesiva como el primer día.

Lo que nunca llegó a volar fue el sombrero.

—¡Menuda pinta tienes: en bañador y con sombrero! —se burlaba Iría.

Pero ella sabía el motivo que tenía para continuar cubierto. El sombrero tapaba las deformaciones más espectaculares de Pasqual: las de la cabeza.

El resto se podía disimular mejor: las piernecillas retorcidas, los brazos demasiado larguiruchos que se doblaban por puntos inadecuados, el mismo cuerpo, redondo, lleno de bultos, sin una forma precisa... Todo podía pasar a primera vista por una figura fea, defectuosa, pero era la cabeza lo que hacía pensar en un monstruo.

Tenía, pues, buenas razones para esconderla. Es en la cabeza donde examinamos la personalidad de cada uno. Buscamos en la cara las expresiones que nos informan del pensamiento, el carácter y las intenciones de los demás.

Un bulto en la espalda o en el pecho puede mover a la compasión, pero el mismo bulto en la cabeza hace huir a la gente pidiendo auxilio contra el monstruo.

Y a la luz del día la cosa era mucho peor que en la penumbra del sótano. Abajo, todo se disimulaba, y la luz de la bombilla escondía más cosas de las que mostraba. Pero a pleno sol, las diferencias ofendían.

Ni el mismo Pasqual explicó nunca por qué se dejaba el sombrero siempre puesto, ni Iría hizo nunca ningún comentario al respecto, aparte de las bromas sobre el aspecto insólito de un bañista ensombrerado.

Fiel a su estrategia de hacerlo todo paso a paso, Iría no quería forzar tanto las cosas que provocase el retraimiento de Pasqual.

Y el paso siguiente, claro, era presentarle a Tófol.

11
El primer experimento

—Me gustaría traer a Tófol para que lo conocieses —dejó caer Iría, mientras observaba de reojo la expresión de Pasqual.

El chico abrió los ojos sorprendido antes de volverlos a cerrar con preocupación.

Iría le había hablado tanto de Tófol que ya sabía de él todo lo que podía saberse. Era como si ya le conociese, aunque nunca había esperado llegar a hablar con él.

—Mejor que no, Iría.

—Es que es un lío —replicó ella—. O voy a jugar con él o vengo a jugar contigo. Y nos lo pasaríamos mucho mejor los tres juntos.

Realmente era un problema para ella. Llevaba un mes alternando las salidas con la pandilla con las visitas a casa de los Peguera, y ya no sabía qué excusas dar a sus amigos.

—No sabemos qué haría Tófol cuando me viese. ¿Y si se asusta?

—Tófol no se asustará.

—Tú te asustaste —recordó Pasqual implacable.

—¡Yo me sorprendí! No esperaba encontrarme con alguien como tú. Pero si antes de venir le explico cómo eres, Tófol no se asustará de nada.

—Lo ves demasiado fácil...

La propuesta, de momento, quedó en el aire, pero Iría se encargó de que fuese volviendo a salir en la conversación de vez en cuando. Se notaba que Pasqual tenía ganas de conocer a Tófol, pero los temores de tanto tiempo pesaban mucho.

—Iría, la mayoría de la gente no es como tú. A ti no te importa tener un amigo que es un monstruo, pero tú eres una chica especial, casi tan rara como yo.

—¿Qué tengo yo de rara? —se defendía Iría—. ¡Cualquier persona que te conociese te perdería el miedo! El problema está cuando sólo te ven de lejos, sin hablar contigo ni saber cómo eres.

Pasqual soltaba una carcajada amarga.

—La gente es más mala de lo que piensas... —y sacudía la cabeza con pesimismo.

Pero pronto ya no hablaba de la idea como de un deseo de Iría, sino como de un plan que había que asegurar. Pedía todas las garantías para no sufrir un nuevo desengaño, pero había dejado de oponerse.

—Mira, yo le explicaré poquito a poco que tengo un vecino un tanto especial.

—Un tantico —reía Pasqual.

—Empezaré con alguna pregunta indirecta. Le preguntaré, por ejemplo, si cree que podría ser amigo de una persona con defectos físicos.

—¿Y si te dice que no?

—Si me dice que no, me callo y no le explico nada más. Pero Tófol dirá que sí, no te preocupes.

—Ten mucho cuidado con lo que dices, porque si corre el rumor de que en esta casa hay un monstruo, se volverán a repetir los problemas del otro pueblo —y la inquietud reaparecía.

—Antes de hablarle de ti, le haré prometer que no explicará nada a nadie. Tófol es de confianza.

—Supongamos que no se asuste al verme. ¿Crees que querrá ser amigo mío?

—Seguro. A Tófol le van los amigos un poco feos.

—Soy muy feo, ¿verdad?

—Hombre, digamos que este año tampoco ganarás el concurso de Míster Universo.

Pasqual bromeaba, como Iría, pero su tono mostraba hasta qué punto se le removían los sentimientos.

Y, por primera vez, Iría se dio cuenta de

que a Pasqual le disgustaba que lo encontrase feo.

Era natural. Ella era la chica que más amable había sido con él. Y no era fea. Bien pudiera pasar que Pasqual se enamorase de ella.

Este pensamiento le alborotó las ideas. ¡Huy, qué complicación si esto pasaba! Ella quería a Pasqual, claro, como una amiga, pero nunca había imaginado que se pudiesen mezclar sentimientos de otro tipo.

Quizá era demasiado imaginar: sólo tenían doce años. Pero en la clase de Iría ya había un par de medias parejas de su edad; y si Pasqual se medio empezaba a medio-enamorar, al final se encontrarían con un problema entero.

De una cosa así sólo podía salir un nuevo desengaño para el pobre Pasqual. ¿O no? ¿Era posible que ella se enamorase de un... de un monstruo?

¡Huy, huy, huy, las complicaciones! Iría decidió dejarlas de lado y dedicarse sólo al plan que tenían entre manos.

Fue fácil escoger el día para presentar a los dos chicos, pues el miércoles siguiente era el cumpleaños de Pasqual. Podían organizar una fiesta e invitar a Tófol; sería de lo más natural.

¡Muy bien! Sólo quedaba convencer a la señora Berta de que preparase una buena fiesta.

—Eso está hecho. Ya te he explicado que mi madre prepara unas meriendas fantásticas.

Iría y Pasqual subieron a la cocina a hablar con ella. Y si la idea de la fiesta le pareció muy bien a la señora Berta, la de invitar a otro chico ya no le gustó tanto.

Pero los reproches se quedaron en el fondo de sus pensamientos y todas sus palabras fueron de colaboración.

—¿Y cómo querréis la fiesta? Querréis Coca-colas y patatas fritas...

—Sí, y palomitas, y ganchitos, y quicos, y de todo... —confirmó Pasqual con todo el entusiasmo de una primera fiesta—. Y colgaremos farolillos en el comedor, y serpentinas...

—Y lo más importante de todo —añadió la señora Berta—: el pastel de cumpleaños.

—¡Con trece velas! —proclamó Pasqual con orgullo.

—Con trece velas —repitió su madre como un eco apagado.

Iría tanteó las opiniones de Tófol, y todo fue tan fácil como esperaba.

Tófol respondió magníficamente a las preguntas previas. Sí, estaría dispuesto a tener amigos con defectos físicos; no, no le importaría que esos defectos fuesen muy graves; sí, consideraba que una persona deforme seguía siendo tan persona como cualquiera.

Tan magníficamente respondió, que cuando Iría le confió el secreto del vecino, Tófol estuvo más preocupado por otras cosas.

—¡Ahora entiendo por qué has estado tantos días sin venir con la pandilla! ¿Y se puede saber por qué no nos lo has explicado antes, bandida?

—No podía, Tófol. Hay mucha gente que se asustaría si supiese que hay un monstruo en el pueblo.

Iría le explicó entonces lo que le había pasado a Pasqual en el otro pueblo, y le hizo prometer que guardaría el secreto.

—Pues a ti un poco más y se te escapa —le recordó él—. Nos hacías jugar a buscar un monstruo que era igual que Pasqual.

Iría se puso colorada.

—Pero os llevaba bien lejos de casa de los Peguera, para que no lo pudieseis encontrar.

—¡Muy astuta!

El encuentro entre los dos chicos no pudo ser más natural. Tófol alargó la mano y Pasqual se la estrechó, con tanta normalidad como dos compradores que coincidiesen en la mercería, con Iría de dependienta.

Después jugaron al *Trivial*, y los dos chicos se enfrascaron en una discusión sobre motos y fútbol. A Iría no le molestó que la dejasen un poco al margen, porque veía la pasión con que hablaba Pasqual de aquellos temas que tanto le interesaban. Era admirable que, habiendo vivido encerrado como una ostra, tuviese los mismo gustos que un chico que llevaba una vida normal.

La señora Berta los llamó a merendar, y era verdad que preparaba bien las fiestas. Aquello fue más un banquete que una merienda. La señora se había pasado el día preparando exquisiteces, y los chicos alucinaron probando canapés y pastelillos que nunca habían visto antes.

—¡Vaya, Iría! —exclamaba Tófol, frotándose la barriga—. ¡Ya podrías haber dicho antes que tenías un amigo así!

Después jugaron al *Cluedo* y al *Suéltalaya,* un juego disparatado que se inventó Tófol: uno de ellos decía una frase y los otros contestaban con cualquier cosa que tuviese relación, cuanto más forzada mejor.

—Por las tardes voy a la montaña.

—Si tanto tardas, la montaña no te espera.

—No es pera ni es manzana; en la montaña sólo hay moras.

—La hermana de Cinta es morena como una mora.

—Para coger moras hay que llevar una bolsa, no una cinta.

Y así. Era una tontería, pero se dieron un hartón de reír. Cuando se separaron, bastante tarde, ya había demasiada confianza como para ir con cumplidos: sencillamente quedaron para el día siguiente.

Tófol acompañó a Iría a través del cañaveral del torrente. Iba tan contento como ella por el éxito del experimento.

—Pues me cae muy bien Pasqual, tía, pero de motos no tiene ni idea.

—¡Pero si no se pierde ni una carrera de las que dan por la tele!

—¡Vaya cosa, la tele! —resopló Tófol, *el*

Práctico—. ¡Ya me gustaría a mí verle limpiando un carburador!

Cuando la noche se llevó a Tófol, Iría corrió otra vez hacia casa de los Peguera, con el corazón bailando rumbas.

Pasqual ya la esperaba, sin necesidad de haber quedado, como en los viejos tiempos.

Iría se quedó en el jardín, y estuvieron riendo y comentando el éxito de la fiesta a través del tragaluz hasta muy, muy tarde.

Les faltaban días para tantos proyectos como querían llevar adelante.

12
El segundo experimento

La prueba siguiente ya la prepararon entre los tres. Tófol se integró en la conspiración con el mismo entusiasmo. Y Tófol era una fuente inagotable de ideas.

Fue él quien advirtió que el segundo experimento, tanto si salía bien como si fracasaba, rompería el secreto del habitante del sótano.

—Cuando me presentaste a Pasqual, prometí que no diría nada a nadie; pero si traemos siete u ocho tíos, lo sabrá todo el pueblo.

—¿Y si no hacemos venir a tantos? —propuso Iría, que empezaba a tener miedo de estar yendo demasiado deprisa.

—Si traemos poca gente, el experimento

no servirá —se opuso el propio Pasqual—. Ya vimos qué pasaba con un amigo de confianza, con Tófol. Ahora lo hemos de probar con un grupo.

Los padres de Pasqual no fueron de la misma opinión. El señor Genís llamó a los tres conjurados al comedor y les advirtió de las consecuencias que podían surgir de aquello.

—Tuvimos que huir del otro pueblo porque no podíamos soportar el rechazo de la gente. Y si se habla de Pasqual en Montornés, volveremos a estar en las mismas condiciones.

—Pero hasta ahora todo ha ido bien, papá —se resistió Pasqual—. ¡Cuando me conocen, no tienen miedo de mí!

—Cuando corra la voz, lo sabrá mucha gente que no te conoce. ¿No lo entiendes, hijo mío? —intervino la señora Berta, y añadió un reproche—. Quedamos en que aquí en Montornés lo mantendríamos en secreto.

—¡Pero ahora puede ser diferente! Iría y

Tófol no son como los amigos del otro pueblo. Ellos hablan bien de mí, y me ayudarán a encontrar la forma de que la otra gente me aprecie. Y, además, ahora soy más mayor, y puedo defenderme mejor de los insultos.

—¿Más mayor? ¡Diez meses más mayor, mira tú el anciano! —negó el padre.

—Pero no puedo pasarme la vida en un sótano. Si hay chicos como Iría y Tófol, he de conocerlos y tratar con ellos. ¡No puedo vivir siempre solo!

—Qué más quisiéramos, hijo. Ojalá pudieses tratar con todos los chicos —insistió su madre—. ¡Pero antes nos han de dejar vivir! ¿Crees que nos gusta tenerte escondido? Pero si es la única forma de que no nos echen del pueblo, pues escondidos y solos estaremos. ¡Qué remedio!

—No sé qué pasará, mamá, pero lo he de intentar. He de intentar vivir una vida normal.

—Tú nunca podrás vivir una vida normal, hijo mío.

La señora Berta se tapó la cara con las manos y se quedó en silencio, con el cuerpo recostado en la mesa. Su dolor callado gritaba más que cien llantos.

Los chicos volvieron al sótano alicaídos. Pasqual estaba descontento.

—¡No hay derecho, sois unos gallinas! Me habéis dejado solo discutiendo con mis padres. ¡Podríais haber soltado un par de argumentos para ayudarme!

Iría se había sentido incapaz de decir nada. Cada reproche de los padres de Pasqual la enfrentaba a su responsabilidad en todo lo que estaba pasando. Todo aquello había empezado como una película de comandos que rescataban al rehén de manos de los malos, y ahora descubría que jugaban con fuego, que estaban arriesgando el futuro de una familia demasiado castigada por la desgracia.

Se daba cuenta de que los señores Peguera tenían razón: aunque los nuevos amigos tratasen bien a Pasqual, correría la voz, y mucha gente de Montornés se asustaría al saber que tenían un monstruo en el pueblo.

Era como aquella historia de dibujos de la tele, la del aprendiz de brujo: estaban poniendo en marcha unas fuerzas gigantescas que podían arrasar las vidas de Pasqual y de sus padres.

Y en todo caso, a ella no le pasaría nada. Si las cosas se ponían mal, ella y Tófol quedarían al margen. Podían jugar tranquilamente a los salvadores, pero la familia Peguera quizá tendría que volver a huir, y entonces Pasqual quedaría hundido, sin ánimos de volver nunca más a hablar con nadie.

Si no hubiera sido por Pasqual, quizá habría dejado correr en aquel mismo momento el plan maravilloso que había elaborado con tanto cuidado. Pero ahora era Pasqual quien no quería detenerse, el mismo Pasqual a quien tanto le había costado convencer de que saliese del sótano, aunque sólo fuese para tomar el sol. El chico había visto abierta la puerta de la libertad, y de ninguna manera quería volverla a cerrar.

Así que siguieron adelante. Prepararon el encuentro con los nuevos amigos con el triple de precauciones que habían preparado la fiesta de cumpleaños de Pasqual.

Iría y Tófol hicieron una lista de los amigos de confianza y cada uno por su cuenta los sondeó discretamente. Adoptaron un criterio de selección tan riguroso que sólo la mitad de la lista de diez superó la prueba. Finalmente, se pusieron de acuerdo en cinco que les merecían una completa confianza.

Y la tarde del domingo siguiente los llevaron a la casa de los Peguera, llenos de curiosidad por conocer a aquel monstruo amigo de Iría y Tófol.

Habían preparado un montón de juegos para que la reunión fuese bien divertida, y la señora Berta les había prometido una buena merienda, pero el ambiente se estropeó de entrada por culpa de Estefanía.

Seguramente la chica puso buena voluntad, pero pronto se vio que no podía resistir mirar la cara deforme de Pasqual. Estuvo evitándole todo el rato, sin poder reprimir la mueca de asco, y cuando la mano de Pasqual la tocó, un roce casual durante un juego, se le escapó un chillido como si la hubiese picado una serpiente.

Un momento después dijo que sus padres la esperaban y escapó corriendo de la casa.

Iría y Tófol hicieron lo imposible para recuperar el ambiente, pero la atmósfera continuaba estropeada. Oliver no se asustaba como Estefanía, pero quizá hubiera sido lo mejor. Se puso a ridiculizar los gestos de Pasqual, como una broma. Imitaba los movimientos más extraños del chico y guiñaba el ojo con complicidad a los otros, sin darse cuenta de que no le reían las gracias.

En cambio, Helena se pasó por el otro lado. De tanto como quería demostrar que sentía compasión por aquel monstruo, lo trataba como a un subnormal. Le hablaba con frases sencillas, como se hace con los niños, e incluso le marcaba los puntos de las fichas, por si el pobre no sabía.

Iría no sabía hacia dónde mirar, pues la actitud protectora de Helena avergonzaba más a Pasqual que el asco expresado por Estefanía.

La sorpresa positiva fue Rosa-Alba. Habían dudado mucho antes de seleccionarla por lo pánfila que era a veces, y sólo se habían decidido a invitarla por la insistencia de Tófol, que quería que hubiese variedad de gente.

Pues Rosa-Alba estuvo súper. Trató a Pasqual como a uno más de la pandilla desde el primer momento. Habló con él con toda naturalidad, jugó, bromeó, le tocó cuando hacía falta e incluso se hizo la cursi con él como hacía con todos.

Y Nemesi estuvo igual de bien; de él ya se lo esperaban. Nemesi era el colega de

correrías de Tófol, y estaban hechos de la misma pasta.

La merienda no pudo cambiar el ambiente que se había formado durante los juegos; las actitudes de cada uno, buenas o malas, estaban definidas, y todo siguió igual. Sólo los ojos escudriñadores de los Peguera, que no perdían detalle de los gestos y palabras de cada uno, se añadieron al panorama.

La fiesta acabó pronto. Antes de las ocho ya fueron desfilando hacia casa.

Tófol acompañó a Iría hasta la masía Coll, igual que había hecho la noche del cumpleaños de Pasqual.

—Dos sobre cinco se han portado bien —hizo el balance—. No es un gran resultado...

—No —Iría se quitó la máscara de animadora que había mantenido toda la tarde y dejó surgir el desánimo—. ¿Tú crees que conseguiremos que la gente de Montornés acepte a Pasqual?

—Dos sobre cinco, ya ves —repitió el *hombre del marcador*—. ¡Y eran cinco amigos elegidos, de toda confianza!

—Pero..., ¿por qué la gente es tan retorcida?

—Y yo qué sé...

Subieron en silencio por la cuesta del torrente y, delante de la puerta de la masía, Iría se despidió con una reflexión.

—¿Sabes qué creo? Que Pasqual es la única persona normal del pueblo. Los otros tenemos el cerebro enfermo, no sabemos superar algo tan sencillo como es el aspecto físico de una persona...

—¡Para el carro, que no todos somos así! ¡No te pases, tía! A mí ya me parece bien Pasqual.

Iría no sabía dónde encontrar el rayo de esperanza después del medio fracaso del experimento. Pero miró a los ojos de Tófol, deseosa de confiar contra toda confianza.

—¿Crees que lo conseguiremos?

—No lo sé: dos sobre cinco... Pero he ganado partidos que se habían puesto peor —respondió él mientras se alejaba.

13
El regalo de ser valiente

A primera hora de la mañana, Iría se encontró con la pandilla, pero no con todos: sólo con los que habían respondido bien a la prueba.

Total: Tófol, Rosa-Alba y Nemesi. Y ella. Los dos nuevos se añadieron de forma natural al complot para sacar a Pasqual del sótano.

Iría notaba que el hecho de estar a favor o en contra de Pasqual había dividido la pandilla, y eso le pareció una señal de lo que pasaría en Montornés cuando su existencia se hiciese pública.

El resto del grupo no compartía el pesimismo de Iría. La reunión del domingo no había ido tan bien como habrían querido, pero tampoco había sido tan mala. La presencia de Nemesi y de Rosa-Alba era la prueba. Y no iban a rendirse a la primera dificultad.

—¿Por qué te desanimas, Iría? —le decía Tófol—. Total, ¿qué ha pasado? Que tres bobos se han dejado impresionar por unos cuantos bultos fuera de sitio. No es tan grave.

—No lo entendéis. Ellos tres sólo han sido los primeros, y ahora todo el pueblo les oirá hablar de Pasqual.

—Eso ya lo sabías. Si Pasqual recibía visitas, en el pueblo se iba a comentar más pronto o más tarde.

—¡Las noticias vuelan!

—No sé si realmente lo sabía —Iría estaba depresiva—. Creo que no sabía bien... Para vosotros es más fácil, porque no sois vosotros quienes habéis animado a Pasqual a seguir adelante.

Tófol no acababa de creer lo que oía.

—No me fastidies con que ahora tienes mala conciencia. ¿De qué? ¿De haberlo animado a salir del cascarón? ¡Si le hiciste un favor!

El desánimo de Iría no llegaba a Pasqual, el principal afectado. Al contrario, él era el más decidido a seguir adelante con los planes de Iría, y estaba sorprendido por su actitud.

—Venga, mujer, que las cosas van bien —le decía—. Ahora tengo cuatro amigos fenomenales que antes no tenía. Sólo esto ya me compensa por todos los disgustos que puedan venir.

Pero los aires del pueblo parecían confirmar los malos presagios de Iría. Se comenzaba a rumorear que había un monstruo espantoso encadenado en el sótano de casa de los Peguera.

La misma exageración del rumor hacía que poca gente lo creyese de momento, pero ya se vería lo que pasaba si seguía.

Tófol se peleó con un compañero de la escuela que explicaba la versión más exagerada del rumor. Vino con un chichón en la frente.

—¡Lo que llegan a inventar! —se quejó mientras Pasqual le pasaba los dedos por la marca.

—Dicen tonterías para no estar callados. Y luego los entrevistas y no saben ni decir cómo se llaman —Nemesi había hecho prácticas en la emisora municipal.

Cuando los curiosos empezaron a pasearse por delante de casa de los Peguera, la señora Berta vio cómo se cumplían las advertencias que había lanzado contra el plan de Iría.

—¡Aquí los tenemos, guapa! Ya volvemos a tener montada la historia del otro pueblo. También allí empezamos así, con la visitita de los curiosos, tan inocentes ellos, a ver si descubrían alguna cosa.

Iría buscó argumentos para defenderse,

aunque ella misma era la primera que no se los creía.

—Pasqual no puede estar toda la vida encerrado en un sótano, señora Berta. Hemos de intentar como sea que pueda salir...

—¿Como sea? ¡A lo mejor estás contenta si le hacen salir a pedradas!

—¡Eres injusta con Iría, mamá! —saltó Pasqual—. Ella no estará contenta si me tiran piedras. Ella lo ha hecho todo por ayudarme.

—¡Claro! Pero de buenas intenciones están llenas las prisiones. ¿De qué nos servirán las buenas intenciones si vienen a quemarnos la casa?

—Pues a mí me han servido, y de mucho. Me han enseñado que no me tenía que esconder. Y ya no volveré a encerrarme. Nunca más. Quiero tener amigos y vivir como los demás, ¡me cueste lo que me cueste!

—¡Quizá nos costará que nos echen de Montornés, mira por dónde!

—¡Pues aunque nos echen!

En el sótano, Pasqual animaba a sus amigos a seguir adelante.

—No hagáis caso a mis padres. Salieron muy escarmentados del otro pueblo, y les duele que cuatro granujas me hagan sufrir. Pero nosotros tenemos que mantener el plan. ¡Como si nada!

—Venga, pues manos a la obra —concedió Tófol—. Hemos de preparar bien el último experimento.

El capítulo final del plan de Iría era que Pasqual estuviese un rato en un bar lleno de gente y poder observar las reacciones. Así, podrían evaluar las posibilidades que tenía de llevar una vida normal en Montornés.

—Ya es demasiado tarde para evaluaciones —advirtió Iría—. El plan estaba mal pensado porque rompía el secreto antes de tiempo. Aunque las reacciones de la gente sean negativas, ya no podemos volver atrás. Ahora, Pasqual, aunque quisieses, te sería imposible continuar escondido.

—Me es igual, porque nunca más me esconderé. ¿No has oído lo que decía a mi madre? Quiero saber cómo reacciona la gente de Montornés cuando me vea por sorpresa, pero, pase lo que pase, no me volveré a esconder.

El sábado, Rosa-Alba estaba en la carnicería cuando entró la señora Berta. Se hizo el silencio, y todos los clientes se quedaron mirando a la madre del monstruo. Y eso que la mayoría no se creía los rumores.

—Tu madre hizo como si no se diese cuenta de nada —explicó Rosa-Alba a los otros—, pero se le podía leer en la cara que estaba recordando todo lo que os hicieron en el otro pueblo.

—¿Y tú no dijiste nada?

—¿Yo? ¡Yo me escondí para que no me viese! Tu madre nos considera culpables de todo lo que está pasando.

No sólo la señora Berta los consideraba culpables. Aquel sábado, cuando ya se marchaban, el señor Genís detuvo a Iría y la culpó de todo el daño que caería sobre Pasqual.

—Mi hijo estaba muy solo en el sótano, pero allí vivía tranquilo y era feliz. Y tú le has llenado la cabeza de pájaros con tanto hablar de libertad y de normalidad. Mi hijo no podrá vivir nunca con normalidad porque no es un chico normal. Oh, tú lo has visto muy fácil, convenciéndolo para que saliese sin observar antes cómo es la realidad de la vida, pero la vida es muy dura. ¡En la vida no hay música y canciones, sino pedradas y mala gente!

Iría no supo qué responder. Aguantó todo lo que el señor Peguera le tenía reservado y se fue a casa llorando.

Al pasar por delante del tragaluz del sótano, una voz ronca la llamó.

—¡Iría, no le hagas caso! Tú me has ayudado mucho, tía. Me has hecho abrir los ojos. No es verdad que viviese feliz, en el sótano: me escondía aquí porque estaba muerto de miedo. Tú no me has engañado, son mis padres los que me engañaban con su buena voluntad. Tú me has ayudado a plantar cara a la vida.

El llanto silencioso de Iría estalló ahora hacia fuera.

—Pasqual... ¡Pueden venir y hacerte daño! ¡Y yo tendré la culpa!

—Si alguien me hace daño, la culpa sólo la tendrá él. Tú me has enseñado a ser valiente, y éste es un regalo muy grande que me has hecho. Aunque me cueste algún garrotazo.

14
Hacia el Campa

Habían repasado el plan cien veces, pero ahora que había llegado el día, Pasqual sacaba todo el nerviosismo que llevaba escondido.

—Entro sólo un momento en el bar, ¿eh? Y salgo en seguida.

—¡Venga, pesado, que te lo sabes de memoria!

No era un plan complicado: sólo tenía que entrar en el bar Campa, pedir una caja de cerillas, pagar y marcharse. Así de sencillo.

Se habían puesto de acuerdo con el señor Josep, el propietario del bar, que era muy buena persona y estaba dispuesto a ayudarlos. Sería él mismo quien les informaría de las reacciones de los clientes. A aquella hora, a las diez de una noche de agosto, el bar estaría abarrotado. Podría haber reacciones de todo tipo.

—Oh, no. Tanto preocuparnos y ya veréis como medio bar no se entera de nada —reflexionó Tófol, escéptico.

—Pues seguramente, pero la otra mitad... ¡Ésa es la parte que nos interesa!

—Habrá de todo, tanto reacciones buenas como malas —sospechó Iría.

—Y eso es lo que tenemos que aprender: que siempre hay reacciones buenas y malas —dijo Pasqual.

Parecía un análisis sensato y reposado, pero el chico no estaba precisamente de un humor reposado. Todos los miedos que creía superados renacían con fuerza a medida que se acercaba el momento de ir al Campa. Toda la decisión y la firmeza que había mantenido hasta aquella tarde se desmoronaban por momentos.

—¡Hey, colega, no fastidies! No te vayas a poner nervioso a última hora —le animaba Tófol—. Es sólo entrar y salir. Los comentarios llegarán cuando tú ya estés fuera.

—Ya lo sé, ya lo sé. Si estoy tranquilo...

Pero no lo estaba. Ni él ni ninguno de los otros. Intentaron jugar al *Pictionary* y al siete y medio, y las partidas se hicieron pesadas porque tenían la cabeza en otro sitio.

Pasaron las últimas horas escuchando música, arrellanados en las sillas y cambiando la mitad de los discos antes de que acabasen.

—¿Quieres sentarte y estarte quieto de una vez, Pasqual? —le riñó Iría, exasperada por la intranquilidad del chico, que no paraba de ir arriba y abajo gastando bromas tontas.

—¡La próxima vez que me pellizques, me marcho! ¿Te quieres calmar? —saltó Tófol—. ¡Plasta de tío!

—Si estoy calmado...

Cuando se hizo de noche, le ayudaron a ponerse aquella gabardina larga hasta los pies. Pasqual se hizo el remolón en una especie de juego de no acertar las mangas. Después vino la gorra: hacía que se le cayese como si le resbalase de la cabeza. Y se reía como un bobo.

A Iría se le rompía el corazón viéndole buscar formas de perder el tiempo. Estaban empujando a Pasqual a pasar una prueba que se resistía a pasar.

Al final, Nemesi le encasquetó hasta las orejas la gorra de béisbol, el único sombrero que podía cubrir aquella cabezota, y salieron a la calle.

Andaban prietos como una piña. Pasqual en el centro, abrigado y cubierto, y sus amigos alrededor, acabándolo de tapar.

—Nos perderemos *Perry Mason,* en la tele —bromeó Pasqual.

E Iría adivinó que la imaginación le volaba hacia su casa, hacia la pequeña habitación, la silla y la tele.

Al pasar por delante de La Cabaña, un

bar de poco éxito que estaba desierto a aquella hora, Pasqual les hizo detenerse.

—No hay nadie. ¿Y si encontramos vacío el Campa?

Iría no pudo soportarlo más. Cogió a Pasqual por el brazo y lo estiró hacia atrás.

—Volvamos, Pasqual. Volvamos a casa. Nos hemos equivocado. Todo este experimento es una burrada, y no saldrá nada bueno de él. Volvamos.

Rosa-Alba, Nemesi y Tófol los miraban sin decir nada. Ellos también estaban impresionados por el conflicto interno de Pasqual.

La reacción brusca de éste los sorprendió. Se giró, sí, pero fue para hacer que Iría le soltara.

—¿Quieres soltarme?

Iría insistió.

—No tienes ganas de ir, Pasqual. Sólo tienes ganas de volver a casa y dejar correr esta tontería del Campa. ¡Volvamos, pues! ¡No vayas!

—¡Que no! No puedo volver al sótano. He de salir de aquel agujero y la gente ha de verme. ¡Suéltame el brazo!

—¿La gente? ¡A la mierda la gente! La gente te ha tirado piedras y te ha insultado. Y quizá volverá a hacerlo. ¡Cuanto menos te vean, antes se olvidarán de ti!

—No se han de olvidar de mí, Iría: me han de ver hasta que se acostumbren, aunque mientras tanto me caiga alguna bofetada. ¡He de ir!

Iría aflojó la presa, y los cinco continuaron calle adelante, en formación cerrada.

Aunque formaban un grupo extraño, nadie se detuvo a mirarlos. En la calma de aquella noche vallesana de agosto nadie sospechaba que monstruos peligrosos pudiesen correr por las calles del pueblo indefenso.

Se detuvieron cuando ya tenían el Campa a la vista. Las mesillas del jardín estaban llenas de familias que cenaban algunas tapas. También el interior del bar estaba lleno: hom-

bres en la barra, grupos de jóvenes en las mesas y mucha animación. La mayoría se conocía.

Detrás de la barra, nervioso, el señor Josep se paraba de vez en cuando a mirar el reloj. Los esperaba.

Pasqual miró las caras ensombrecidas de los cuatro amigos, a la luz de las farolas de la calle. También en su cara había una sombra.

—He de ir —repitió—. Han de verme.

Suspiró desde lo más profundo y se desabrochó la tira inacabable de botones de la gabardina. Después, le dio la prenda a Iría, junto con la gorra de béisbol que le había tapado aquella cabeza monstruosa, descentrada hacia la izquierda, llena de bultos inhumanos, y entró en el jardín iluminado del bar.

Autor:

Xavier Bertran nació en Barcelona en 1945. Vive en Montornès del Vallès (Barcelona). Es licenciado en Periodismo por la Facultad de Ciencias de la Información de la Universidad Autónoma de Barcelona. Actualmente, compagina la tarea docente como profesor de Redacción Periodística en la Universidad con la escritura. Tiene en su haber muchísimas publicaciones literarias, pedagógicas y periodísticas.

Ilustradora:

Ana González Lartitegui nació en Bilbao el 2 de octubre de 1961. Ilustra libros desde 1988, profesión a la que dedica sus días y más de una noche. La habilidad con los pinceles la heredó por vía paterna. Colabora con muchas editoriales como Anaya, Edebé, Edelvives o S.M, por citar algunas. En 1994 recibió la Mención de honor por *El ciempiés metepatas,* en el Premio Iberoamericano de Ilustración. Actualmente, vive en Zaragoza.

TUCÁN ROJO
+12 años

1. Miquel Rayó, *El camino del faro*
2. Peter Sichrovsky, *La trampa de la cobra*
3. Jordi Sierra i Fabra, *Aydin*
4. Mª. Victoria Rodríguez, *Experimento Mythos*
5. Andreu Sotorra, *Korazón de Pararrayos*
6. Erich Ballinger, *Vampiros en el Castillo Colmillos*
7. Luisa Villar Liébana, *El enigma Guggenheim*
8. Xavier Bertran i Alcalde, *El vecino prohibido*
9. Albert Roca, *Un caracol para Emma*
10. Fernando Lalana, *El gas del olvido*
11. Luisa Villar Liébana, *La cabeza de Goya*
12. Vicente Muñoz Puelles, *El joven Gulliver*
13. Maite Carranza, *¿Quieres ser el novio de mi hermana?*
14. Jordi Sierra i Fabra, *Los moais de Pascua*
15. Ana Cabeza, *¿Quién teme a Pati Perfecta?*
16. Jaume Miquel Peidró, *Los espíritus blancos*
17. Fina Casalderrey, *Isha, nacida del corazón*
18. Beatriz Fernández, *Una azucena del bosque*